江国霖诗集

[清] 江国霖 著
冉长春等 编

巴蜀書社

《江国霖诗集》编委会

主　编：冉长春
副主编：李荣聪
编　委：袁　源　唐活伶　郑清辉　何　智

江国霖简介

江国霖，字雨农，号晓帆、子雨，清嘉庆十六年（1811）夏出生于四川省川北道顺庆府大竹县（后隶川东道绥定府，今属四川省达州市）童家乡（今童家镇）盐井沟。

幼英敏强记，十五岁入县学，十六岁补博士弟子，受知于知府孙东厓，入府学。道光十一年（1831）乡试中举。十八年（1838）中进士，殿试一甲第三，世称"江探花"。授翰林院编修，入庶常馆学习。十九年（1839）起，先后任广西乡试正考官、翰林院撰文官、国史馆协修、顺天府乡试同考官、江南乡试主考官、庶常馆教习。二十六年（1846）任湖南学政，旋避籍改湖北学政。二十八年（1848）任广东惠州知府。二十九年（1849）任雷琼兵备道。咸丰四年（1854）先后任两淮转运使、两广转运使、广东按察使。五年（1855）任广东布政使。七年（1857）暂署理广东巡抚。八年（1858）二月正式署理广东巡抚，六月"因人言落职"。十年（1860）夏，病逝于广州。

自选自编有《梦甦斋诗钞》六卷及《馆课诗检存》《馆课赋检存》各一卷。族侄江都炳整理其去官后的部分遗诗，编为《梦甦斋诗钞》第七卷。

目 录

梦甦斋诗钞

江国霖自序 ……………………………………（ 3 ）
卷一　未芟草 …………………………………（ 7 ）
卷二　桂林游草 ………………………………（ 37 ）
卷三　江上吟草 ………………………………（ 60 ）
卷四　北游草 …………………………………（ 86 ）
卷五　江湖泛槎草 ……………………………（125）
卷六　宦海吟草 ………………………………（159）
卷七　海上寓公草 ……………………………（189）

附 录

《梦甦斋诗钞》序 ……………………… 朱鉴成（217）
《梦甦斋诗钞》序 ……………………… 谭　莹（219）
《梦甦斋诗钞》序 ……………………… 陈　澧（222）

《梦甦斋诗钞》后记 ………………………… 江都炳（223）
《江晓帆诗文集》序 ………………………… 李作梅（225）
江国霖年表 …………………………………………（228）

主要参考书目 ………………………………………（233）
编　后 ……………………………………… 冉长春（235）

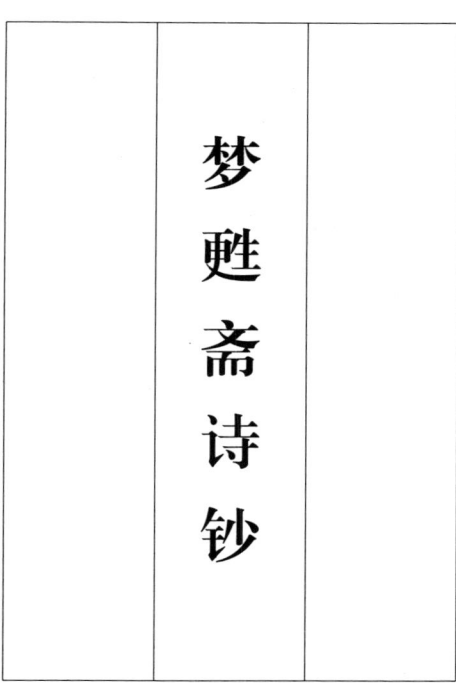

江国霖自序

国霖生四五龄时，先通奉公①抱置膝间，即口授②周、秦、汉、魏古诗数十首，略能成诵，继复手抄唐、宋、元、明诸诗，凡千余首。六七岁后，令遍读之。十三四岁，喜阅近人诗集、诗话，时亦自拈韵语，信口成腔。十六岁，受知于郡伯③孙东屃④先生。次年，先生命读书郡斋⑤。于经义古文外，悉举汉、唐以下诸诗人，一一分别源流，为之讲贯⑥。虽不尽解，然其升降变化之说⑦，则闻之熟矣。国霖因自呈近诗一册，先生稍有

---

① 先通奉公：这里指江国霖的祖父或者父亲。先，敬称已去世的上代人或长辈。通奉，清朝规定，一品官曾祖父母以下均有封典，江国霖的曾祖父、祖父、父亲均因其被诰封为"通奉大夫"，从二品。公，祖父、父亲、丈人有时称作"公"，一般也把年长者或年龄相仿的人尊称为"公"。
② 口授：《梦甦斋诗集》作"授口"，误。
③ 郡伯：明清时称知府为郡伯。
④ 孙东屃：孙奇峰，字益廷，号东屃，山东滨州人。乾隆六十年乙卯（1795）进士，曾任绥定（今四川达州）知府十年。屃，音 qiè。
⑤ 郡斋：郡守起居之处。
⑥ 讲贯：讨论研习。此处主要指讲解、贯通。
⑦ 升降变化之说：指平仄、粘对等作诗格律。

奖许，批其卷尾曰："作诗，以汉、魏为根柢①。至言法律②，当先取高、岑、王、李③以定其趋④，再极之李、杜、韩、苏⑤以尽其变，毋徒奉某公等为圭臬⑥。久自知之，非意⑦为轩轾⑧也。"国霖憬然⑨大悟，自惭数年肤滑⑩之习，先生一语道出。乃取近人诸诗集、诗话悉屏⑪去之，迄今三十余年不敢启视，而别求古人所以为诗者。日月既久，篇什渐多。我东扈先生已挂冠⑫归山左⑬，不得执卷请益⑭矣。

入词馆⑮后，谨守应制⑯绳尺⑰，未敢以草野言情之作出而示人。度岭⑱以来，十数年间不复言殿廷台阁之制⑲。适遇乡先

---

① 根柢：草木的根。比喻事物的根基、基础。柢，即根。
② 法律：本指刑法和律令，此处指作诗的章法、模式、规矩。
③ 高岑王李：高适、岑参、王维、李颀。
④ 趋：趋向、方向。
⑤ 李杜韩苏：李白、杜甫、韩愈、苏轼。
⑥ 圭臬：土圭和水臬的合称，分别为古代测日影、正四时和测度土地的仪器。比喻典范、准则。
⑦ 意：同"臆"，主观推测。
⑧ 轩轾：古代称前高后低的车为"轩"，称前低后高的车为"轾"，也分别指车的前高部分和后低部分。喻指高低。
⑨ 憬然：醒悟的样子。
⑩ 肤滑：肤浅浮华。
⑪ 屏：同"摒"，屏退，摒除。
⑫ 挂冠：辞官，弃官。
⑬ 山左：山的东侧。山东在太行山之左（东），故称。
⑭ 请益：请求增加，请求给予更多的教诲。
⑮ 词馆：翰林院。
⑯ 应制：奉皇帝之命写作诗文。
⑰ 绳尺：木工用的墨线和长度量具。比喻法度、规矩、标准。
⑱ 度岭：度过梅岭，到岭南。
⑲ 殿廷台阁之制：即公文写作。此处殿廷台阁借指朝廷。

辈及寅僚①同志数人，将国霖旧稿详加点定，怂恿以付剞劂②。自维髫龄③即有志学诗，半世销磨，所得仅此戋戋④。若举而尽弃之，则我生之初谆谆庭诰⑤、我生之后师友切切指示之苦心，不皆就湮⑥矣乎？今以放废⑦余闲，病中检而录之，都⑧为若干卷。凡师友所论，各著于每章之末，开卷厘然⑨如与诸君子抵掌晤谈也。

此卷经东甿师阅过者，惟卷端四首，敬识⑩本源。此外，称玉田者，为峨眉张廉访熙宇⑪；称樾乔者，为湘潭黎侍御吉云⑫；称至堂者，为东乡艾大令畅⑬；称恭三者，为贵筑王刺史

---

① 寅僚：同僚。
② 剞劂：刻镂的刀具。刻印。
③ 髫龄：童年，幼年。
④ 戋戋：浅少，微小。
⑤ 庭诰：家训，泛指家教。
⑥ 湮：湮灭，埋没。
⑦ 放废：放逐，罢黜。
⑧ 都：统括。
⑨ 厘然：分明的样子。
⑩ 识：记。
⑪ 称玉田者为峨眉张廉访熙宇：张熙宇，字玉田，号晓沧，四川峨眉（今隶乐山）人。道光十三年（1833）进士，曾官安徽按察使，有《花洋山馆诗钞》《花洋山馆文钞》。廉访，清朝时按察使的别称。按：以下至陈澧均为江国霖诗点评者。
⑫ 称樾乔者为湘潭黎侍御吉云：黎吉云（1795—1854），原名光曙，字樾乔，湖南湘潭人。道光十三年（1833）进士，历官江南道监察御史，署兵科给事中，有《黛方山庄文集》《黛方山庄诗集》。侍御，监察御史的简称。
⑬ 称至堂者为东乡艾大令畅：艾畅（1787—？），号至堂，江西东乡（今隶抚州）人。道光二十年（1840）进士，曾官广东博罗知县，有《至堂诗钞》等。大令，县令尊称。

铭鼎①；称眉君者，为富顺朱光禄鉴成②；称兰甫者，为番禺陈学博澧③。又，垫江李西沤惺宫赞④，己酉（1849）游粤时，全卷皆经评点。宫赞古貌古心⑤，所评但指疵类，今已遵而改之，原评可不必存，然前辈直谅⑥之风不可忘也，谨并识之。

  咸丰庚申（1860）春正月，书于羊城⑦西郭之梦甦斋⑧。

蜀东江国霖

---

① 称恭三者为贵筑王刺史铭鼎：王铭鼎，又名王福堃，字崧盒，号恭三，贵州贵筑（今隶贵阳）人。道光二十一年（1841）进士，曾任广东新安知县，有《岭草偶存》。刺史，清朝知州的别称。

② 称眉君者为富顺朱光禄鉴成：朱鉴成（1820—1865），字眉君，四川富顺（今隶自贡）人，兴文籍。同治三年（1864）举人，官内阁中书，有《眉君诗钞》《题凤馆诗稿》《题凤馆词稿》《题凤馆文稿》。

③ 称兰甫者为番禺陈学博澧：陈澧（1810—1882），字兰甫、兰浦，号东塾，广东番禺（今隶广州）人。道光十二年（1832）举人，官河源训导，先后受聘为学海堂学长、菊坡精舍山长，前后执教数十年，形成"东塾学派"。有《陈东塾先生遗诗》《陈兰甫未刊遗文》《东塾剩稿》《番禺陈东塾先生书札》《东塾类稿》《东塾集》《东塾续集》等。陈澧曾为江国霖《梦甦斋诗钞》作序。学博，学官泛称。

④ 李西沤惺宫赞：李惺（1787—1864），名惺，字伯子，号西沤，别号拙修老人、清微道人，垫江（今隶重庆）人。嘉庆二十二年（1817）进士，曾官左赞善，后主锦江书院讲席20年，有《西沤全集》《西沤外集》等。宫赞，东宫左、右赞善大夫。

⑤ 古貌古心：容貌、外表和内心、性情具有古人的风度。

⑥ 直谅：正直，信实。

⑦ 羊城：广州别称。

⑧ 梦甦斋：江国霖书斋名。甦，音 sū，同"苏"，死而复活，苏醒。

卷一　未芟草

小　引

　　负剑提携，绕膝忆承欢之日；抠衣唯诺，趋庭当诏学之初。甫识方名，兼陈篇什。宏汉京之乐府，按唐代之声歌。亦复牧笛无腔，鸠车自乐已。此后南船北马，祖道频年；紫陌红尘，孙山几度。攀桃李于春日，怨芙蓉于秋江。或空山独往，鹤唳猿吟；或远道相望，云停月落。无燕饮笙簧之好，有鸡鸣风雨之思。未免纵情长言，连篇累牍。断吟髭于一字，享敝帚以千金。此亦我侪之痼疾也。居诸易逝，篇章渐多。逮乎中年，旋悔少作。几经扬簸，而糠秕依然；欲尽删除，而榛兰杂糅。爰检自丙戌（1826）补弟子员讫①戊戌（1838）入词馆中间十二年旧稿，汰存什之一二，以付钞胥。青衿犹昔日之心，白纻换当时之调。味同鸡肋，欲弃置而未甘；心似蚕丝，尚有怀之欲吐。诗凡五十七首，名曰未芟草云。

---

① 讫：通"迄"。到，至。

偶题寺①壁

昨宵扶醉下瑶台,十二珠楼迤逦开。
踏遍凉云三万里,无人知是谪仙②来。

【旧评】孙东屺师云,颇似前人小游仙。

病　起

揽衣庭前坐,蔷薇花忽发。春风何时来,洒然披我闼③。亲朋来相过,新诗互酬答。复此一开樽,酣歌待明月。

【旧评】孙东屺师云,起手得池塘春草④之意。又云,无一字说病,恰是病起之神。

早秋赠别

西风卷黄叶,片片辞⑤庭柯。

---

① 寺:四川省达州市渠县有李渡乡,传因李白于此渡渠江而得名。江边旧有南阳寺,今不存。
② 谪仙:唐贺知章称李白为谪仙人。
③ 闼:小门,门。
④ 池塘春草:南朝宋谢灵运《登池上楼》有"池塘生春草,园柳变鸣禽"句。
⑤ 辞:《国朝全蜀诗钞》作"下",疑为避三平尾而改。按:《国朝全蜀诗钞》所改,《清代全蜀诗钞》均因之。本书不从改,仅于校记抄录。后同,不再一一说明。

别意复如此，诸君①当奈何。

关山愁玉笛，诗酒梦青娥②。

莫便增离恨，长江总逝波。

有以舆地全图③见示者，为赋一律

迢递秦城锁汉关，披图始信九州宽。

但寻名胜周游易，历览沧桑奠定难。

塞外何年开大漠，日边有路近长安④。

羡他笔底生花客，万里山河掌上看。

【旧评】孙东匝师云，二诗气格俱胜。

舟中晚眺

浦远明残照，林昏噪晚鸦。

丛芦秋水岸，一⑤棹老渔家。

过眼云山变，关心道路赊⑥。

今宵欹⑦枕处，有梦到京华。

---

① 诸君：《国朝全蜀诗钞》作"远人"。
② 青娥：青黛画的眉毛，美人的眉毛。借指少女、美人。
③ 舆地全图：全国地图。
④ 长安：今陕西西安一带。其为地名始于秦朝，为西汉、隋、唐等朝都城，后代指京城。
⑤ 一，《国朝全蜀诗钞》作"孤"。
⑥ 赊：远。
⑦ 欹：倾斜，依倚。

阻风云阳①,谒张桓侯②庙

三巴保障③踞夔巫④,犹震余威护上都。
乱世几人沥肝胆,空山何处哭头颅。[一]
谈兵容易英雄老,纵酒休嗤气概粗⑤。
我正大江东去客,灵风许借一帆无。[二]

【江注】[一] 相传桓侯首级葬此。
        [二] 遂宁张文端公⑥石碣诗有"多谢将军赐顺风"之句。

【旧评】恭三云,声情激越。

夔　州⑦

万山如堞⑧拥夔门,曾护高光⑨旧子孙⑩。

---

① 云阳:位于长江上游今重庆东北部。
② 张桓侯:张飞死后谥桓侯。
③ 保障:保卫、卫护。此处意为起保障作用的事物。
④ 夔巫:夔州、巫山。
⑤ 粗:粗豪。
⑥ 张文端公:张鹏翮(1649—1725),字运青,号宽宇、信阳子,祖籍湖北麻城(今隶黄冈),生于四川遂宁。康熙九年(1670)进士,历官刑部尚书、两江总督、河道总督、户部尚书、吏部尚书加太子太傅、文华殿大学士等,谥文端,有《信阳子卓录》《张文端公全集》。
⑦ 夔州:今重庆奉节。
⑧ 堞:城墙上如齿状的矮墙,泛指城墙。
⑨ 高光:开创西汉王朝的汉高祖刘邦和开创东汉王朝的光武帝刘秀。
⑩ 子孙:从全文看,此指刘备、刘禅。

空仗老臣麾节钺①,恨无余力挽乾坤。
云收八阵②消王气,浪涌三巴③洗泪痕。
莫向永安宫④外望,满江风雪易黄昏。

【旧评】恭三云,三、四悲壮。

瞿塘峡⑤

万峰攒天天为缩,天落峡底光如烛。夔州诸山逼江来,长江不受山约束。大波欻⑥起山灵惊,豁然峡门辟山腹。惟留滟滪⑦一堆石,千年瘦蜕老龙骨。突兀一夫当雄关,万弩⑧攻之不能仆。峥嵘赤甲⑨与白盐⑩,高于旌幢锐于镞。一峰插云蟠苍蛟,一峰下溪饮麋鹿。峭如奇鬼生搏人,齿牙⑪嶙嶙头有角。

---

① 节钺:符节和斧钺,古代天子授大臣以示威信的信物。
② 八阵:八阵图,诸葛亮推演兵法而创设的一种阵法,相传在永安宫南江滩上。
③ 三巴:古地名,巴郡、巴东、巴西的合称,相当于今四川嘉陵江和重庆綦江流域以东的大部地区。
④ 永安宫:宫殿名,三国时刘备所建,故址在今重庆奉节城内。公元222年,蜀汉先主刘备伐吴,在猇亭战败后,驻军白帝城(今重庆奉节),建此宫。次年死于此。
⑤ 瞿塘峡:又名夔峡,长江三峡之一。西起重庆奉节白帝城,东至巫山大溪镇,全长约8公里。
⑥ 欻:忽然,迅速。
⑦ 滟滪:滟滪堆,俗称燕窝石,古代又名犹豫石。位于白帝城下瞿塘峡口,因航运障碍,已于1959年冬炸除。
⑧ 弩:《梦甦斋诗集》作"努",误。
⑨ 赤甲:亦作"赤岬",山名,在重庆奉节东。
⑩ 白盐:山名,在重庆奉节东。
⑪ 齿牙:《梦甦斋诗集》作"乱石"。不改。

散如野叟蹲林间,脱帽露顶坦双足。断壁巉崖①不可攀,累然无草亦无木,何人削山使之秃。我知浑沌以前天地心,争险斗怪日相逐。竟欲截江驱倒流,连山势若长城筑。大禹一一疏通之,百神效力声肃肃。巨灵②双掌擘难开,至今山势尚迫促。不然万壑千岩间,何以刀斧椎凿痕犹绿。吁嗟乎!我生真有山水福,天遣奇山尽入蜀。一叶扁舟稳于屋,风留三日峡中宿。大江东去已如斯,何况西来更有峨眉剑阁褒斜谷③。

【旧评】至堂云,起峭刻。

恭三云,道尽幽险。又云,后幅去路不竭。

巫峡④二首

其 一

片帆缥渺下云间,四面船窗昼不关。
拓我奇怀三百里,瞿塘才过又巫山。

其 二

群山作势指巴东,雨气云痕积万重。
安得倪迂⑤一枝笔,更从雪里画巫峰。

---

① 巉崖:《梦甦斋诗集》作"崚嶒"。不改。
② 巨灵:神话传说中劈开华山的河神。
③ 褒斜谷:褒水、斜水二河谷之统称,旧时为川陕交通要道。
④ 巫峡:长江三峡之一。西起重庆巫山城东大宁河,西至湖北巴东官渡口,全长46公里,因巫山得名。
⑤ 倪迂:即倪瓒(1301—1374),元末明初画家、诗人,善绘山水,与王蒙、黄公望、吴镇并列"元四家"。

由大南沱①至平山坝②

大南沱下水行迟,磨墨添题纪路诗。
过尽奇山看不厌,船头风雪立多时。

巴东县③舟中守岁二首

其 一

异地惊千里,残年逼五更。
寒灯僮仆泪,杯酒弟兄情。
石乱围孤艇,山高俯一城。
凭窗听不得,爆竹应江声。

【旧评】恭三云,三、四可歌可泣。

其 二

腊尽千峰外,春归一夜中。
关河怀蓟北,踪迹滞巴东。
雪冷山逾白,炉寒火不红。
家园应忆我,屈指计征鸿。

---

① 大南沱:位于今湖北宜昌夷陵区三斗坪镇南沱村。
② 平山坝:今湖北宜昌点军区桥边镇平善坝。
③ 巴东县:位于湖北西南部、恩施东北部,长江中上游两岸,西接重庆巫山。

出峡，泊宜昌府

出峡巴船眼界宽，彝陵①东望尽波澜。
天开图画山光活，地敞平原水性安。
渡口估帆②连作市，江心落日大如盘。
试镫③风里知春浅，画角依然送晚寒。[一]

【江注】[一] 是日立春。

汴梁④感怀

自摩病骨暗消魂，多少生平未报恩。
当路不逢魏公子⑤，短衣匹马过夷门⑥。

---

① 彝陵：今湖北宜昌，地处湖北西南、长江西陵峡两岸。
② 估帆：商船。估，同"贾"。
③ 镫：同"灯"，平声。
④ 汴梁：今河南开封。
⑤ 魏公子：信陵君魏无忌（？—前243），战国时魏国大梁（今河南开封）人，魏安釐王弟。与齐国孟尝君、赵国平原君、楚国春申君合称"战国四公子"，均礼贤下士。
⑥ 夷门：战国魏都城大梁（今河南开封）东门。魏有隐士侯嬴，年七十，家贫，为大梁夷门监者。信陵君闻之，往请。

卢沟桥①

滚滚黄尘里,危桥壮②巨观。
风烟开大漠,车马近长安。
水涸平沙迥,天低晓月寒。
客踪如贾岛,不忍渡桑干。

题画蟹

似从纸上听爬沙,浅水寒泥惯作家。
记得江南秋尽后,一灯清冷照芦花。

三月二十三日出宣武门见西山积雪③

北地春将尽,西山雪未消。
晓光凝雾重,寒气入城遥。

---

① 卢沟桥:亦称芦沟桥,位于北京丰台永定河上游桑干河上。唐贾岛《渡桑干》诗有"无端又渡桑干水,却望并州是故乡"句。
② 壮:《国朝全蜀诗钞》作"耸"。
③ 三月二十三日出宣武门见西山积雪:《国朝全蜀诗钞》题作"暮春出宣武门见西山积云"。宣武门,明清时京师内城九门之一,三南门之西者。西山积雪,古燕京八景之一。西山,北京西郊连绵山脉的总称。

树影明如画，风声怒①作潮。

几②时御沟上，烟柳绿成条。

【旧评】恭三云，三、四中晚（唐）佳句。

晓过定州③

梦醒车声乱，凭辕④吊战场。

中山⑤周郡国，上谷⑥汉边墙。

沙草连天白，关云映日黄。

怪来乡思远，此地近渔阳⑦。

【旧评】至堂云，唐人格律。

郭巨⑧故里

浼浼⑨沁园东流水，屹屹丰碑当路峙。大书东汉孝子名，

---

① 怒：《国朝全蜀诗钞》作"吼"。
② 几：《国朝全蜀诗钞》作"何"。
③ 定州：今属河北保定。
④ 辕：《国朝全蜀诗钞》作"高"。
⑤ 中山：中山国，姬姓，春秋战国时期一小诸侯国，曾都定州。山，《梦甦斋诗集》作"彼"，误。
⑥ 上谷：上谷郡，燕昭王始设，为燕国北长城起点，汉代飞将军李广曾任上谷郡太守。
⑦ 渔阳：今北京密云西南，多被诗人用作征戍之地意象，唐诗人张仲素《春闺思》有"昨夜梦渔阳"句。
⑧ 郭巨：东汉人，埋儿奉母，遂以孝闻。
⑨ 浼浼：水盛貌。

对之不觉颡①为泚②。闻说郭生贫家儿,夜卧寒冰朝负米。菽水③自古承欢难,含饴犹得抱孙喜。岂料残鸷④天性成,不能养亲能杀子。母欲哺之生,我欲置之死。生者临食叹,死者长已矣。从此绕膝无遗孤,酌酒烹羊亦不美。吁嗟乎,大孝⑤不贵养口体,将彻犹必请所与。取诸其怀而杀之,井廪⑥之残不至此。衰世往往多畸行,此事岂堪式乡里。我闻⑦杀身以成仁,未闻杀人以事亲。而况子者亲之后,郭生何以为完人。呜呼,郭生何以为完人!

【旧评】至堂云,"不能养亲能杀子"一语,断定创论,实确论也。

恭三云,郭巨事,前人论亦及此,难在自畅其说。直以老泉⑧文为诗笔。

---

① 颡:额。
② 泚:出汗。
③ 菽水:豆与水。所食唯豆与水,形容生活清苦。后常以指晚辈对长辈的供养。
④ 鸷:猛禽,性凶残。
⑤ 大孝:《梦甦斋诗集》作"大不孝",误。
⑥ 井廪:水井、粮仓。相传虞舜曾窘于井廪。
⑦ 闻:《梦甦斋诗集》作"明",误。
⑧ 老泉:苏洵(1009—1066),字明允,号老泉,祖籍河北栾城(今石家庄),四川眉山人,北宋文学家,"唐宋八大家"之一。长于散文,尤擅政论,议论明畅,笔势雄健,语言犀利,纵横恣肆,具有雄辩的说服力。有《嘉祐集》《谥法》。

英豪镇①[一]二首

【江注】[一] 苏秦自秦归，宿此，故名。

其　一

黄金百两黑貂裘②，只算秦中作浪游。
卿相未成心未死，临行那得不回头。

其　二

囊中犹自裹残书，始识名场是畏途。
不待归家已憔悴，当年悔未读《阴符》③。

过函谷关④

风云百叠郁嵯峨，战格⑤排空转眼过。
马首⑥东来开紫气，虎牢⑦西向卷黄河。

---

① 英豪镇：位于今河南三门峡渑池县西部。
② 黄金百两黑貂裘：苏秦屡说秦王而不被采纳，致貂弊金尽以归。
③ 阴符：《阴符经》，古兵书名。泛指兵书。
④ 函谷关：古关名，位于河南三门峡灵宝北。
⑤ 战格：即战栅，用于防御的障碍物。
⑥ 马首：马首关（山）、马头关（山）均难确指，此处可理解为马头，策马前进。
⑦ 虎牢：虎牢关，位于河南荥阳西北，形势险要。

关山谁设三秦险,戈甲曾摧六国多。
近日丸泥①俱不用,玉门闻已唱铙歌②。

【旧评】至堂云,明七子③气格。

敷水驿④独宿

一杯清酒为谁欢,长铗归来⑤不忍弹。
客舍未须⑥怜寂寞,青⑦灯久作故人看。

温　泉

回磴⑧苔荒日色昏,梨花寂寂锁宫门。
君恩可似山前水,流到千年总是温。

【旧评】至堂云,隽而婉。

恭三云,温柔敦厚,诗教也。

---

① 丸泥:汉王元说隗嚣兵守函谷关东拒刘秀,"今天水完富,士马最强……元请以一丸泥为大王东封函谷关,此万世一时也"。见《后汉书》卷一三《隗嚣传》。后用为守险拒敌典。
② 铙歌:军中乐歌。传为黄帝、岐伯作。汉乐府中属鼓吹曲,马上奏之,用以激励士气。也用于大驾出行和宴享功臣以及奏凯班师。后多用为凯歌。
③ 明七子:明代有以李梦阳、何景明为首的"前七子"和以李攀龙、王世贞为首的"后七子",都主张复古,"文必秦汉,诗必盛唐"。
④ 敷水驿:古驿名,位于今陕西华阴西敷水镇。
⑤ 长铗归来:比喻因怀才不遇而思归,出自《战国策》冯谖事。长铗,长剑。
⑥ 须:《国朝全蜀诗钞》作"应"。
⑦ 青:《国朝全蜀诗钞》作"一"。
⑧ 回磴:盘旋的登山石径,此处指石阶。

紫柏山①留侯②祠作四首

其 一

妇人容貌坐谈兵,史笔千秋恐未平。

一击博浪③终卤莽,莫因成败笑荆卿④。

【旧评】至堂云,宋儒论事多失平,一部纲目,正不可无此平反。

其 二

弓藏鸟尽已徒然,炎汉兴亡总听天。

四皓⑤衰颓新主幼,英雄何暇作神仙。

【旧评】至堂云,后儒多以留侯为知几⑥,读此应爽然自失。

其 三

假王齐国许称真,金石论交百战身。

---

① 紫柏山:位于陕西汉中留坝境内。
② 留侯:张良(? —前186),字子房,颍川城父(今河南郏县)人,一说沛郡(今安徽亳州)人。善谋略,西汉开国功臣,封留侯。
③ 博浪:博浪沙,古地名。晋袁宏《后汉纪·光武帝纪一》:"张良以五世相韩,椎秦始皇于博浪之中。"
④ 荆卿:荆轲,战国末期卫国人,为燕国太子丹的门客。因刺杀秦王嬴政而天下闻名。《史记·刺客列传》有传。
⑤ 四皓:秦末隐居商山的东园公、甪里先生、绮里季、夏黄公,四人须眉皆白,故称"商山四皓"。
⑥ 知几:有预见,能看出事物变化的隐微征兆。

帷幄①偶然参耳语，帝心从此忌功臣。

【旧评】眉君云，二诗议论生新，语复蕴藉。

其　四

柴关②遥接剑门关，战血千年土亦③斑。
一样汉家名将相，风云只护定军山。[一]

【江注】[一]诸葛武侯墓在定军山下。

【旧评】恭三云，数诗斩新开辟，究是持平之论。

上鸡头关④

群山若飞来，突兀掷天半。我行已万里，耳目忽撩乱。危磴折千盘，蜿蜒走⑤一线。后骑入瓮底，前旌出霄汉。怪石虎牙张，往往⑥扑人面。凤嘴[一]何雄奇，鸡头尤慓悍。昂然向天门，云根触⑦欲断。峰尖立危祠，知是何王殿。灵旗高不落⑧，

---

① 帷幄：室内悬挂的帐幕、帷幔，借指天子近侧或朝廷。帷，幕布。幄，帷幕，《梦甦斋诗集》作"屋"，误。
② 柴关：柴关岭，位于秦岭南麓，陕西宝鸡凤县和汉中留坝交界处。
③ 亦：《梦甦斋诗集》作"一"，误。
④ 鸡头关：在陕西汉中褒城西北。
⑤ 走：《国朝全蜀诗钞》作"萦"。
⑥ 往往：《国朝全蜀诗钞》作"乂乂"。
⑦ 触：《国朝全蜀诗钞》作"翻"。
⑧ 高不落：《国朝全蜀诗钞》作"飘半空"。

英风与聚散①。褒水西北来②,湍流激竹箭③。山束水逾狭④,其势乃狂煽。两崖相吞啮⑤,沙石恣嚼咽⑥。空谷挟⑦雷霆,若闻蛟龙战⑧。嗟哉此雄关⑨,高欲遏云雁⑩。造物何神诡⑪,斗险日千变。独扼⑫秦蜀冲,劈分南北栈。我生虽⑬好奇,到此亦惊颤。长歌招我魂,携入褒城县⑭。

【江注】［一］关下崖名。

【旧评】 至堂云,起语亦若飞来,极其突兀。

恭三云,镌刻秀削,收亦完足。

---

① 英风与聚散:《国朝全蜀诗钞》作"神风时聚散"。
② 褒水西北来:《国朝全蜀诗钞》作"褒水从西来"。褒水,即褒河,长江支流汉江上游左岸较大支流,位于陕西西南。
③ 湍流激竹箭:《国朝全蜀诗钞》作"激湍奔竹箭"。
④ 狭:《国朝全蜀诗钞》作"窄"。
⑤ 相吞啮:《国朝全蜀诗钞》作"扼巨吭"。
⑥ 嚼咽:咀嚼吞咽。
⑦ 挟:《国朝全蜀诗钞》作"鼓"。
⑧ 若闻蛟龙战:《国朝全蜀诗钞》作"毒龙纷若战"。
⑨ 雄关:《国朝全蜀诗钞》作"关雄"。
⑩ 高欲遏云雁:《国朝全蜀诗钞》作"高可戾霄汉"。
⑪ 诡:《国朝全蜀诗钞》作"奇"。
⑫ 扼:《国朝全蜀诗钞》作"据"。
⑬ 虽:《国朝全蜀诗钞》作"颇"。
⑭ 褒城县:古县名,治在今陕西汉中西北。

春日山行二首

其 一

竹深一径斜,依稀见人家。春禽静无语,风落樱桃花。
【旧评】恭三云,天然好句。

其 二

蒙蒙野云封,漠漠古苔冷。阴崖不敢窥,疑是山魈影。

落花四首

其 一

芳园转眼失秾华,误尔春风及第花。
满树云霞都散影,一时蜂蝶竟无家。
东皇宠是生前荷,西子名空去后夸。
昨夜庭阶如落叶,浓阴低覆月钩斜。
【旧评】恭三云,次句是主意。

其 二

司香也最惜嫣红,七宝栏围画阁东。
摇落那禁三月雨,摧残无奈五更风。

蕙兰憔悴悲骚客，桃李栽培忆狄公①。
颜色如君犹冷落，可知人世总飘蓬。

其 三

江南春尽苦相思，水郭山村日下迟。
好色生招鹎鵊②妒，此心惟有杜鹃知。
仙源路杳人归后，绣阁妆成女嫁时。
纵使香留荽尾③在，倚云终让上林④枝。

其 四

廿番风信⑤付东流，春暮光阴似早秋。
此会呼僮频扫径，有人携酒怕登楼。
余香剩馥都无用，败碧残红烂不收。
斜日凭轩一怅望，莺歌燕舞总成愁。

【旧评】恭三云，各家诗集皆有此题，而各有寓意。此以下第后未及北上，借题抒写，正不可抹煞苦心。

---

① 桃李栽培忆狄公：狄仁杰（630—700），字怀英，号祁溪，唐代并州太原（今属山西）人，武则天时宰相。典出《资治通鉴·唐纪二十三》"则天后久视元年"条："或谓仁杰曰：'天下桃李，悉在公门矣。'仁杰曰：'荐贤为国，非为私也。'"
② 鹎鵊：杜鹃鸟。鹎鵊雕卉，比喻谗言害人。
③ 荽尾：荽尾春，芍药别名，花期在农历四到五月，故有殿春之称。
④ 上林：古宫苑名，泛指帝王园囿。
⑤ 廿番风信：二十四番花信风。

蜀道难一篇赠王佩卿[一]

蜀道难，不在剑门关。剑门峰高依云端，可以饱看西南十万山。蜀道难，不在瞿塘峡，峡水春泛绿头鸭，可以一日还江陵、五日趋建业①。难莫难于行通衢，巴渝遥遥接成都，驷马芒屩②争驰驱。朝逐饭牛③子，夕避牧猪奴④。十人奔走九人泣，欲进不进空长吁。郫筒⑤之酒，何如武昌鱼，问君来游胡为乎？平楚苍苍、流水汤汤、红日烧空、俯仰大荒，何时世界复清凉？我尚厌故国，君何恋他乡？长离⑥婉婉⑦临江翔，戛然一鸣使我伤。即今腐鼠⑧不可得，况乃竹实与梧冈。梧冈苦太高，竹实苦太少。伏鸱⑨仰而吓，辛苦无一饱。前途薮泽矰罟⑩多，云中回翮须及早。君不见，鹧鸪生南国，声声只唤行不得，黄陵庙⑪前日无色。又不见，杜鹃花开春已残，千山万山飞杜鹃，

---

① 建业：今南京。
② 驷马芒屩：四马驾之一车、芒草编织的鞋，即高车与草鞋，喻指显贵与贫贱者。
③ 饭牛：喂牛，饲牛。
④ 牧猪奴：指赌徒。
⑤ 郫筒：郫人剖竹节成筒倾酿其中，俗号郫筒酒。
⑥ 长离：《汉书·司马相如传下》："左玄冥而在黔雷兮，前长离而后矞皇。"颜师古注："长离，灵鸟也。"《后汉书·张衡传》："前长离使拂羽兮，委水衡乎玄冥。"李贤注："长离，即凤也。"后用以比喻才德出众之人。
⑦ 婉婉：和顺，柔美。
⑧ 腐鼠：比喻轻贱的事物或庸俗的人所珍爱的物品，出自《庄子》。
⑨ 伏鸱：鸱鹰，比喻俗人，出自《庄子》。
⑩ 矰罟：矰，古代射鸟所用拴着丝绳的箭。罟，捕鱼的网。
⑪ 黄陵庙：古又称黄牛庙、黄牛祠，位于湖北宜昌西长江黄牛峡中。

听此应知蜀道难。

【江注】［一］名大珂，武昌人，客游于蜀。

【旧评】至堂云，"难莫难于行通衢"，写出无限抑塞，令人气短。

恭三云，拔剑斫地，须以桓伊①铁笛和之。

眉君云，如此陈题，如此精彩，虽起陇西②为之，恐亦未能远过。

偶　成

云来山窗暗，云去山窗明。开窗不见山，白云漫空行。

七夕风雨大作感赋

半空风雨震柴关，乌鹊填桥尚未闲。
寄语黄姑③须早渡，防他波浪似人间。

【旧评】至堂云，尖新。

---

① 桓伊：字叔夏，东晋谯国铚县（今安徽宿州西）人，军事将领，善吹笛，传名曲《梅花三弄》即由其改编。
② 陇西：此处指李白，李白祖籍陇西成纪（今甘肃天水秦安）。
③ 黄姑：牵牛星的别称。

答欧晓山承冠①李羹堂作梅②见寄

似此庸庸守故株,当年深愧射桑弧③。
阮生哭④为穷愁逼,袁粲⑤狂非气概粗。
孤愤竟思焚笔砚⑥,壮心翻自感头颅。
长歌醉把铁如意,敢为诸君碎唾壶⑦。

送　春

垂杨枝下敞双扉,雨过池塘水渐肥。
花带残红萍漾绿,春归犹似未曾归。

---

① 欧晓山承冠:欧阳承冠,字晓山,庠生,曾参与编修道光《大竹县志》。
② 李羹堂作梅:李作梅,字羹堂,自号园史,道光举人,增贡生,有《群芳小谱》《听雨诗话》《听雨山房文集》《史学提要续编》。李作梅曾为江国霖《江晓帆诗文集》作序。
③ 桑弧:"桑弧蓬矢"的简称。古代男子出生,礼官需用桑木做成的弓和蓬草做成的箭,射向天、地、四方,以示之志向远大。出自《礼记·内则》。
④ 阮生哭:亦作阮籍哭、阮籍悲,借指为身处穷途而绝望悲伤。出自《晋书·阮籍传》。
⑤ 袁粲(420—477):原名愍孙,字景倩,陈郡阳夏(今河南太康)人,南朝宋宰相。少孤好学,颇有清才,生性清高。著有《妙德先生传》以续嵇康《高士传》,还曾作《狂泉》。
⑥ 焚笔砚:出自《晋书·陆机传》,用来称他人诗文高妙,自愧不如;或指不再著述写作。此处兼两意,带讽。
⑦ 碎唾壶:唾壶击缺,形容志不获展,慷慨悲歌,出自《晋书·王敦传》。

游仙诗三首

其 一

玉皇香案望当头,仙吏分班侍凤楼。
醉宴瑶池归卧晚,九云章上懒回眸。

其 二

灰飞换劫自年年,盘古娲皇①事杳漫。
上界抟人尽黄土,炉中何苦炼金丹。

【旧评】至堂云,妙语,令人解颐。

其 三

不须勾漏②觅丹砂,何必阆风餐紫霞。
明日天台携手去,沿溪一路访桃花。

---

① 娲皇:《国朝全蜀诗钞》作"经纶"。
② 勾漏:山名,在今广西北流东北,道家所传三十六小洞天之第二十二洞天。见《云笈七签》卷二七。

乙未（1835）北上留别五首

其 一

金尽床头为办装，劬劳事事负高堂。
未沾禄养晨炊薄，自捧楹书旧泽长。
身上衣缝慈母线，江干竹打女儿箱。
白云孤傍赉山①下，好向天涯望故乡。

【旧评】恭三云，工丽芊绵。

其 二

雁行同踏雪中泥，指爪依然迹未迷。
并辔如张军左右，两头分赁屋东西。
即今鞍马还孤往，应梦池塘入旧题。[一]
更语连枝诸玉树，莫甘樗栎老山溪。

【江注】[一] 辛卯（1831）、甲午（1834）北上，俱与台山②兄同行，今兄不果去。

其 三

管弦曾记后堂开，绛帐风寒问字来。

---

① 赉山：华蓥山，绵延于川东大竹、渠县、邻水等地。江国霖故乡大竹古属赉国。
② 台山：江台山，大竹人，道光八年（1828）举人，后任大竹凤鸣书院山长。

桐爨①已成焦尾恨，马群偏选蹶蹄才。[一]

海云东望琴空抚，[二]锦水西边树旧栽。[三]

屡欲报恩仍未得，如今敢便说心灰。

【江注】[一] 连年落第归来，刘碧溪②先生愈加奖藉。

[二] 孙东屺师已归山左。

[三] 房师宋由溪③先生现篆④新津。

其 四

不缘米贵厌长安，不畏登天蜀道难。

杨意⑤犹能解词赋，马卿⑥何必苦饥寒。

琴书潦草行装薄，风雪飘萧客絮单。[一]

听到临歧谆属语，长途但愿日加餐。

【江注】[一] 今年西归，行李半留都中。

其 五

烟霄一路接皇州，步步轮蹄是旧游。

---

① 桐爨：比喻良材被毁或大材小用，出自《后汉书·蔡邕传》。爨，烧火做饭。
② 刘碧溪：刘有仪，字碧溪，奉新（今隶江西南昌）人。曾知安岳、温江、蓬溪等县，后知广安州（今四川广安）。工书，善画芭蕉。
③ 宋由溪：宋灏（1785—1848），字怀经、由溪，号昆甫、敏斋，广东花县人，嘉庆十三年（1808）举人。历署綦江（今隶重庆）、蓬溪（今隶四川遂宁）、新津（今隶四川成都）、苍溪（今隶四川广元）等知县，道光十一年（1831）四川乡试同考官。
④ 篆：官印代称。借指为官。
⑤ 杨意：杨得意，汉武帝时狗监，荐司马相如。
⑥ 马卿：司马相如（前179—前118），字长卿，蜀郡成都人，一说巴郡安汉（今四川南充蓬安）人，以善赋闻于世。

汉水西来寒浪急，[一]巴山北上冻云流。

金台自为清时重，彩笔何须梦里投。

送尽今年残腊去，春风杨柳看卢沟。

【江注】[一] 通江①流经绥郡②，是为西汉水③。

【旧评】恭三云，各首俱有潘陆④情韵，的是词人春气。

下第出都口占示同行诸友

天涯何事又长征，万里乘风负此行。

久以轮蹄作家计，敢将奔走悔平生。

台中骏骨今无价，匣底龙泉⑤夜有声。

最是桑干河畔水，照人来往不分明。

---

① 通江：今指通河，为巴河一支。此处应指巴河与州河汇流之渠江，于重庆合川江入嘉陵江。
② 绥郡：绥定府，今四川达州。
③ 西汉水：即嘉陵江。
④ 潘陆：西晋太康诗人潘岳、陆机，泛指文人学士。
⑤ 龙泉：又名龙渊剑，相传春秋战国时由欧冶子和干将两大剑师联铸。

丙申（1836）四月，春闱①报罢，与段果山②、彭厚堂、龚烟田、幸懋斋、莫辅侯并辔出都门，相得甚欢。时诸君将自汴梁趋襄樊溯江而上，余偕彭扶九、杨赓堂自孟津③渡河经秦入蜀，计五日后行抵卫辉④即分张矣。聚日无多，作此志别，索诸君和焉二首

其 一

铩羽征鸿总忆归，炎云万里许同飞。
愧无白雪⑤酬新曲，翻为缁尘惜素衣⑥。
旧雨情兼新雨⑦重，还山心与出山违。
秋江树树芙蓉⑧冷，争怪司香热泪挥。

---

① 春闱：一般指会试，因春季在京城举行，故称。
② 段果山：段大章，字倬云，号果山，四川巴县（今重庆巴南区）人，道光十八年（1838）进士，官至甘肃布政史。工书法。
③ 孟津：古黄河津渡名，在今河南孟津东北、孟州西南。
④ 卫辉：在今河南，位于黄河北部、太行山东麓、卫水之滨。
⑤ 白雪：阳春白雪，原指楚国一种艺术性较强、难度较大的歌曲，后泛指高雅的文学艺术，出自战国楚宋玉《对楚王问》。此句暗含己为下里巴人不被赏识之意。
⑥ 翻为缁尘惜素衣：南朝谢朓《酬王晋安》有"谁能久京洛，缁尘染素衣"句。
⑦ 旧雨、新雨：老朋友、新朋友。
⑧ 秋江芙蓉：秋江上的芙蓉因对东风并无怨言，故喻考试未第而内心平静。唐高蟾《下第后上永崇高侍郎》："芙蓉生在秋江上，不向东风怨未开。"

其 二

卫河春水碧漫漫,河畔行人怯晓寒。
金尽转怜欢会少,马嘶如怅别离难。
近闻雪浪连三峡,争似山云引七盘①。
后会重邀君记取,看花及早到长安②。

渡 河

万里炎云瞥眼过,轻帆一叶荡晴波。
泥金③尚入家园梦,那识归人已渡河。

【旧评】至堂云,"可怜无定河边骨,犹是春闺梦里人"。每下第时,诵唐人此语,辄为黯然。此诗可与并传,真绝唱也。

奉怀孙东屺师[一]

我有一张琴,携来海上弹。烟波莽回合,成连④渺仙山。望之不可见,洒洒天风寒。卓哉孙夫子,珠玉含深渊。罗贯群

---

① 七盘:七盘关,又称棋盘关,位于陕西宁强黄坝驿乡与四川广元转斗乡交界处七盘岭上,自古为川陕重要关隘。
② 看花及早到长安:唐诗人孟郊《登科后》有"春风得意马蹄疾,一日看尽长安花"句。
③ 泥金:即泥金帖子,用泥金涂饰的笺帖,唐代以来用于报新进士登第之喜。
④ 成连:春秋时著名琴师。传说伯牙曾学琴于成连,三年未能精通。后偕伯牙同往蓬莱,使闻海水激荡、林鸟悲鸣,伯牙遂悟进。

籍富,精液融为川。操壶渴就饮,安知江海宽。射堂披绛帐,两目秋水鲜。下榻留徐稚①,开堂礼彭宣②。[二]自从雪中立③,迩来近十年。如彼玉在璞,良工费雕刊。如彼冰凝水,日照殊清妍。我心所不至,导我蚁珠穿。我心所粗至,跻我嵩华④巅。拈花微解笑,跃如矢在弦。此境人不知,私心独拳拳。许我蹑丹梯,万言选青钱⑤。文士非所矜,期以勋业传。[三]辛卯(1831)捷书报,开函为莞然。并非幸弋获,藻鉴殊不偏。公时赴成都,我行向长安。京华六千里,道远意绵绵。微才既不售,抚心滋汗颜。庶几龙门近,俯首益精研。我方痛刖足⑥,公又赋归田。望阙⑦思借寇⑧,卧辙终难攀。公归不得送,公行不可旋。通州⑨咫尺地,邈若越与燕。公义与私憾,感泣春风前。三复理旧业,纸墨犹斓斑。口讲指画方,依依心目间。毕竟介疑似,自信终不坚。公在泰山阳,北斗傍日悬。我居蜀道西,

---

① 徐稚(97—168):字孺子,东汉豫章南昌(今属江西)人。隐士,经学家。"徐孺榻"出自《后汉书·徐稚传》。
② 彭宣:字子佩,淮阳阳夏(今河南太康)人。西汉时封长平侯。治《易》经,曾师从张禹。
③ 雪中立:即程门立雪,出自《宋史·杨时传》。旧指学生恭谨受教,现指尊敬师长、求学心切。
④ 嵩华:嵩山、华山。
⑤ 万言选青钱:即青钱万选,比喻文章出众,出自《新唐书·张荐传》。
⑥ 刖足:断足,古代肉刑之一。此处用卞和献玉被刖典,喻不被赏识。
⑦ 望阙:仰望宫阙,喻怀念天子。
⑧ 借寇:表示地方上挽留官吏,含有对政绩的称美之意。寇,寇恂,东汉开国功臣,见《后汉书·寇恂传》。
⑨ 通州:四川达州的古称,始于西魏废帝二年(553)。

故纸笑蜂钻①。此生再得见,两鬓应华颠。此生不得见,长夜空漫漫。敬爇②心头香,祝向东海边。

【江注】［一］讳益廷,山东滨州人,乾隆乙卯（1795）进士,守绥郡十年,霖受业门下最久。

［二］霖自丙戌（1826）补弟子员后,公即命读书于郡署之西箭亭③。

［三］先生手书一纸,训霖有云:"淡泊以明志,宁静以致远。其所树立不可程限,勿徒以文士自矜。"

【旧评】至堂云,直抒胸臆,若无节制,而自具至情。

恭三云,甘苦自喻,故觉言之亲切。

闻 雁

不计关山路几千,一声嘹唳破苍烟。
荒荒暮色来何处,猎猎秋风送渺然。
霜信暗催秦塞外,客心遥寄楚云边。
故人书已经年断,惆怅宵深未忍眠。

---

① 蜂钻:比喻一味死读古书。
② 爇:点燃,焚烧。
③ 箭亭:四川达州老城西有箭亭子街,原为习骑马射箭之地,现有达州高级中学永丰校区。

戊戌（1838）四月二十五日太和殿传胪①，纪恩恭赋

鸿胪唱到第三声②，绕殿新雷入耳惊。
天上花多春富贵，仗前乐起调清平。
六街如绣香随马，九陌无尘暖送莺。
圣主临轩珍重极，瞻云③惭愧一书生。

【旧评】至堂云，名贵称题。

京邸入冬苦寒，彭希山明府④赠一布被，以诗谢之

朔风吹绽客衾单，地近琼楼分外寒。
尚有故人怜范叔⑤，从今高卧傲袁安⑥。
春回纸帐香应重，梦到梅花醒更难。
依旧早朝孤负久，多情休当鄂君⑦看。

【旧评】恭三云，馆阁中有此诗，想见清品。

---

① 传胪：科举时代殿试揭晓唱名的一种仪式。
② 第三声：即列一甲第三名，探花。
③ 瞻云：瞻云就日，比喻得近天子。
④ 明府：清朝时知府别称。
⑤ 范叔：范雎，字叔，魏国芮城（今隶山西运城）人，战国时期著名政治家，秦国宰相。故人怜范叔寒事见《史记·范雎蔡泽列传》。
⑥ 袁安（？—92）：字邵公，汝南汝阳（今河南商水）人，东汉名臣。袁安卧雪喻清贫自守，出自《后汉书》。
⑦ 鄂君：鄂君子皙，春秋时楚王母弟。事见《说苑·善说》。

卷二　桂林游草

小　引

　　司马三升，材先辨论；皇华五善，典重周咨。惟梧冈当鸣凤之期，而桂管正骖鸾之路。恭膺兹役，诚厚幸焉。时也艾叶初张，槐花欲放。祖席则笋蒲入馔，邮亭则杨柳依人。爰渡汉以浮江，遂望衡而逾岭。峰尊独秀，高临选佛之场；林掇一枝，艳拟披香之殿。盖望郡与嘉名相副，亦群才得胜地而彰。继乃苹野吹笙，藿场式玉。堂开五咏，[一]坊接三元。[二]带水簪山，帘外之烟云如画；月池风洞，胸中之丘壑生芒。洵足骋游屐于天边，畅吟襟于域外者已。既而理归棹、循水程，桂舟兰枻之游，石濑①浯阳之胜。潇湘一夜，雨声来帝子之洲；洞庭九秋，月色冷仙人之笛。唱大江之东去，梦泽遥吞；先鸿雁以北归，黄河远上。萧萧寒水，轻骑冲风；郁郁饥怀，载途雨雪。是役也，舟车万五千

---

①　石濑：水为石激形成的急流。

里，往返十有八旬。收两戒之河山，萃一囊之稿帙①。蛮花犵布，边人识铜鼓之声；野馆春帆，邮吏笼碧纱之字。未必文如太史，奇气忽增；也如诗采輶轩②，观风有助云尔。此册起己亥（1839）五月，讫十一月，名曰《桂林游草》。

【江注】［一］梁中丞③新建，在独秀峰下。

［二］贡院前三元及第坊，为陈莲史④先生建也。

己亥（1839）五月十六日奉命典试⑤粤西恭纪

策遣承丹诏⑥，皇华⑦试此行。

人间恩榜重，天上使星明。

屺岵⑧瞻逾远，[一]輶轩望恐轻。[二]

十年磨铁砚，辛苦忆平生。

【江注】［一］授馆职后，谋乞假归省，未果。

［二］去春始捷礼闱。

---

① 帙：书套，亦指书籍。
② 輶轩：古代使臣坐的一种轻车，代称使臣。
③ 梁中丞：梁章钜（1775—1849），字闳中，又字茝林、茝邻，晚号退庵，祖籍福建长乐，生于福州。嘉庆七年（1802）进士，官至广西巡抚、江苏巡抚，署两江总督，有《梁茝林沧浪诗》《藤花吟馆诗钞》《退庵诗存》《退庵诗续存》《退庵文稿》《藤花馆试帖》等。
④ 陈莲史：陈继昌（1791？—1849），原名守睿，字哲臣，号莲史，临桂（今隶广西桂林）人。嘉庆二十五年（1820）状元，官至江苏布政史，有《如话斋诗存》《莲史诗钞》等。
⑤ 典试：主持考试之事。
⑥ 丹诏：帝王的诏书，以朱笔书写。
⑦ 皇华：《诗经·小雅》有《皇皇者华》篇，其《序》曰："皇皇者华，君遣使臣也。送之以礼乐，言远而有光华也。"后以"皇华"谓奉命出使。
⑧ 屺岵：代指父母，出自《诗经·魏风》。

信阳州①道中

稻田千顷郁菁菁,已是淮阳第一程。
过雨全收残暑气,看山便有故乡情。
关城北互秦云色,溪涧南流楚水声。
我视轺车如客况,不劳邮吏候前旌。

【旧评】至堂云,颔联中唐佳境,结尤见意。

恭三云,每于对句见笔之超脱。

樾乔云,三、四脱手弹丸,自然入妙。

湘　潭②

驿亭高接雉③楼东,千里湘流一望中。
岳雨欲④来天漠漠,湖云不散树蒙蒙⑤。
联翩⑥帆影当窗过,明灭波光隔岸通。
最是晚来风景好,沿堤灯火映江红。

【旧评】至堂云,三、四诗中有画。

恭三云,跌宕自豪。

---

① 信阳州:隶河南,治所在今河南信阳。
② 湘潭:隶湖南。
③ 雉:古代计算城墙面积的单位,长三丈高一丈为一雉。
④ 欲:《国朝全蜀诗钞》作"蒸"。
⑤ 不散树蒙蒙:《国朝全蜀诗钞》作"漏出雨蒙蒙"。
⑥ 联翩:《国朝全蜀诗钞》作"翻飞"。

柘塘铺①

分得衡山秀，峰回路暗通。
人家修竹里，啼鸟乱云中。
古树无情绿，幽花著②意红。
客心③应可洗，一水媚晴空。

【旧评】恭三云，似不经意，恰到好处。

樾乔云，大历十子④之遗。

衡州⑤道中

天外红霞一角晴，雨余秋色最澄清。
望中岳树层层合，归去湘帆片片轻。
流水小桥危露石，荒村古堠⑥远闻钲。
停骖⑦何处招凉好，坐对松棚自引觥。

---

① 柘塘铺：位于今湖南衡阳衡山长江镇。
② 著：《国朝全蜀诗钞》作"尽"。
③ 心：《国朝全蜀诗钞》作"尘"。
④ 大历十子：大历十才子，指活跃于唐代宗大历年间的一个诗歌创作群体，包括李端、卢纶、韩翃、钱起、司空曙等十位诗人。其诗作风格相似，词藻优美，善于借景抒情，但过于偏重形式技巧。
⑤ 衡州：今湖南衡阳。
⑥ 堠：古代用以瞭望敌情的土堡、哨所。
⑦ 停骖：停车。骖，驾三匹马。

上熊罴岭[一]

我家旧住岷峨间,出门步步皆青山。二十余年看未足,梦魂时与山周旋。南来忽见熊罴岭,恍游蜀道登青天。十夫牵挽尺寸进,如猱跳掷蛇蜿蜒。断岩千丈插面起,苍藤古木相钩连。中原尘飞此不到,雨洗岚翠秋娟娟。衡山以南独雄长,谽谺①石阙当云关。呼茗小憩解烦渴,驿吏候人躬鞠拳②。尘劳未免世网缚,安能携汝从飞仙。故山虽好久别去,山中猿鹤嗤我顽。四方壮游要无负,对此差足开心颜。天风振袂忽浩荡,凭高目送孤云还。手挽落日下山去,啼鸟一声烟苍然。

【江注】[一]在祁阳县③。

【旧评】至堂云,写景幽秀。

---

① 谽谺:山石险峻貌。
② 鞠拳:曲拳,鞠躬行礼。谦恭貌。
③ 祁阳县:今隶湖南永州。

粤西秋闱①和徐梦笙盛持②、吴宣三德征③两明府唱和原韵二首

其 一

桂林芳信近如何,灵秀山川启甲科。[一]
明月正当秋后朗,遗珠常念海中多。
高寒贝阙④开清夜,游戏霓裳梦大罗。
要与南方收杞梓⑤,执柯珍重伐新柯。[二]

【江注】[一] 陈莲史,三元,桂林人,文恭公曾孙⑥。贡院前有三元及第坊。

[二] 闱中次题为执柯以伐柯⑦,牵合之,以博一笑。

【旧评】恭三云,苦心热肠。

其 二

矮屋青灯忆去年,[一]持衡幸未到华颠。

---

① 秋闱:科举制度的乡试,通常在秋季举行,故称。
② 徐梦笙盛持:徐盛持,字梦笙,奉新(今隶江西宜春)人,道光三年(1823)进士。官龙州(今隶广西崇左)同知,有《寸草轩诗存》。
③ 吴宣三德征:吴德征,字宣三,原籍金溪(今隶江西抚州),贵州遵义举人。道光十五年(1835)任阳朔县令,建寿阳书院,主持重修《阳朔县志》。
④ 贝阙:以紫贝为饰的宫阙。本指河伯所居龙宫水府,后用以形容壮丽的宫室。
⑤ 杞梓:两木皆良材。比喻优秀人才。
⑥ 文恭公曾孙:陈继昌莲史为陈弘谋曾孙。陈弘谋(1696—1771),一作宏谋,字汝咨,号榕门,临桂(今隶广西桂林)人,雍正元年(1723)进士。官至东阁大学士兼工部尚书,谥文恭。
⑦ 执柯以伐柯:手执斧头砍取制作斧柄的材料,出自《中庸》。

风檐忍把初心负,月斧欣看入手便。

要合群才觇器识,难因一字判媸妍。

自煎茶鼎然①新火,此境分明玉局仙。

【江注】[一] 去年尚赴春闱。

九月初一日夜填榜二首

其 一

卿云五色覆檐端,官烛辉煌四照寒。

写到神龙回首处,满堂争向榜头看。[一]

【江注】[一] 榜纸首尾画龙虎,填榜者从第六名填至榜尾,最后方填第一名,正当龙首。此时观者灯烛最盛。

其 二

鱼龙跋浪②隼呼风,各判升沉一夜中。

莫诩珊瑚新入网,明朝多少泪衫红。

【旧评】至堂云,怜才心事,千古如见。

恭三云,直与瓯北③诸作抗手。

---

① 然:通"燃"。
② 跋浪:《梦甦斋诗集》作"浪跋",误。
③ 瓯北:赵翼(1727—1814),字云崧,一作耘崧,号瓯北,别号三半老人,阳湖(今隶江苏常州)人,乾隆二十六年(1761)探花。官至贵州贵西兵备道,后辞官,主讲安定书院。论诗主独创,反摹拟,与袁枚、张问陶并称清代性灵派三大家,有《瓯北集》《瓯北诗钞》等。

题曹理村燮①别驾②《绿杉野屋图》

百尺青杉绕宅边,薜萝门巷卷秋烟。
树多自觉惊秋早,心静浑忘得地偏。
尽日客来烹茗坐,半生天假读书缘。
我家亦有三间屋,孤负蕉阴已二年。[一]

【江注】[一]余山斋号蕉绿窗。

题家雨亭参军③《闲庭倚竹图》

东坡曾有言,无竹令人俗。君看凌云枝,森森玉盈束。清风飒然来,动摇满庭绿。片石倚孤根,结交良非独。

【旧评】恭三云,峭蒨。

九日登独秀峰④绝顶

直截蓬莱峰一角,石骨崚嶒⑤苔斑驳。凌空竖向天南陲,何

---

① 曹理村燮:疑脱"培"字。曹燮培(?—1852),字理村,浙江仁和(今杭州)人。曾选广西柳州通判,摄西隆州、宾州事,除东兰州知州,权金州。
② 别驾:别驾从事史,亦称别驾从事,州知府之佐官。
③ 参军:参谋军事,后为经略别称。
④ 独秀峰:位于广西桂林城区。
⑤ 崚嶒:高耸突兀。

人大笔此卓荦①。桂林山山俱刺天,摆落尘埃撑云烟。兹山突起众山伏,鲁灵光殿②真岿然。天高木落秋气肃,手拍阑干纵双目。云来苍梧万树青,日下漓江千潭绿。但觉咳唾随天风,始知身在九霄中。回头笑对尘土士,一空依傍有谁同。恨不携来茱萸酒,此游平生未曾有。临风我欲问东坡,何如太华峰头作重九。

【旧评】至堂云,身分夐绝,正堪自道。

陪梁芷林中丞,丁伊辅③师学使,郭韵泉方伯④,林湘帆廉访,尹愚谷观察,兴静山、许芍友两⑤太守,阿朗山同年⑥,游风洞山、李园⑦诸胜二首

风洞山

乱石丛中野寺开,石根真欲傍云栽。

---

① 卓荦:特出,卓绝。
② 鲁灵光殿:本为汉代著名宫殿,后比喻硕果仅存的人或事物。此处以状独秀峰特出貌。
③ 丁伊辅:丁善庆(1790?—1869),字伊辅,号养斋,湖南清泉(今衡阳)人,道光三年(1823)进士。曾任广西学政,官至翰林院侍讲学士,有《养斋集》。
④ 郭韵泉方伯:郭文汇,字韵泉,江西新建人,嘉庆二十五年(1820)进士。道光十八年(1838)任广西按察史,后官至甘肃布政史。方伯,一方之长,地方长官的尊称。
⑤ 两:《梦甦斋诗集》作"雨",误。
⑥ 阿朗山同年:阿彦达(1801—1857),杭阿坦氏,字朗山,蒙古镶黄旗人,道光十二年(1832)进士。曾官光禄寺卿,西宁办事大臣,仓场侍郎。同年,科举制度中,同科考中的人称同年。江国霖于道光十二年(1832)同阿彦达参加壬辰恩科会试,不中,后于道光十八年(1838)中进士。
⑦ 风洞山、李园:均位于广西桂林。

乍穿洞壑疑无地，小有林亭半渍苔。

入座风声催雨过，满江秋色抱山来。

蓬壶①倘许星轺住，为我岩间置酒杯。

李　园

偶从竹外置行厨，宛转溪桥石径纡。

鱼影横飞群藻动，松阴环拥一峰孤。

名园自占奇山水，雅集应添古画图。

绝似浣花堂畔景，旧游历历忆成都。

【旧评】恭三云，二首长趋阔步，顾盼自豪。

舟发全州②

南行看尽粤西山，又趁秋风一棹还。

过此更知诗境阔，衡云湘竹在眉间。

舟下台盘寺③，景物鲜奇，开窗独酌，喜而成咏

浩渺清流直向东，轻桡晚趁半江风。

奇峰压顶船窗黑，返照凌虚雪浪红。

---

① 蓬壶：古代传说中的海上仙山。
② 全州：位于广西东北部，现隶桂林。
③ 台盘寺：位于广西桂林境内。

莽莽烟痕连舵尾，层层帆影落杯中。

居然一幅湘屏画，写入新诗恐未工。

【旧评】至堂云，杜律写景，最善造句，三、四亦仿佛似之。

恭三云，三、四奇警。

晚泊衡州，经回雁峰①下

西风萧瑟动江潭，落日凭窗②酒半酣。

怪底秋来乡信杳，客程犹在雁峰南。

【旧评】恭三云，巧不落纤。

出衡山西郭，祗谒南岳庙，望祝融峰③三首

其 一

朝出衡城去，篮舆④罨画间。

白云连水郭，红树点秋山。

十里沙田净，数家鸡犬闲。

前程烟霭合，望望到灵关。

【旧评】至堂云，"点"字妙。

---

① 回雁峰：位于湖南衡阳雁峰区，南岳衡山七十二峰之首。相传因北雁南来至此越冬待来年春暖而归得名。
② 窗：《国朝全蜀诗钞》作"栏"。
③ 祝融峰：位于湖南东部衡山。祝融，火神。
④ 篮舆：古代供人乘坐的交通工具，一般由人力抬行，类似后世的轿子。

其 二

　　　　碧瓦朱栏接，凝旒①望俨然。
　　　　星辰临座上，松柏老阶前。
　　　　古碣荒苔合，灵旗暮雨悬。
　　　　升沉吾欲问，神玅②黯炉烟。

【旧评】至堂云，"老"字炼。

其 三

　　　　尽敞衡云去，岩峣③俯大荒。
　　　　遥青分五岭④，空翠接三湘⑤。
　　　　鸿雁飞难度，芙蓉艳有芒。
　　　　临风思太华⑥，归梦过咸阳。

【旧评】至堂云，阔远语，妙以娟秀出之。
　　　　恭三云，琢炼中有逸气。
　　　　樾乔云，"遥青"一联大佳。

---

① 凝旒：冕旒静止不动，形容帝王神情肃穆专注。
② 玅：古时一种占卜工具。
③ 岩峣：高峻的样子。
④ 五岭：湖南、江西南部和广西、广东北部交界处的越城岭、都庞岭、萌渚岭、骑田岭、大庾岭，合称五岭。
⑤ 三湘：潇湘、蒸湘、沅湘，合称三湘，亦为湖南别称。
⑥ 太华：华山。因其西有少华山，故称。

由长沙顺风夜行抵湘阴①

三更风利不得泊,舟子欢呼估客②乐。过耳遥闻岳麓钟,回头不辨长沙郭。芦尾荻根参差明,万斛舟回一叶轻③。推蓬但见半江月,玉钩④击戛玻璃声。

【旧评】槭乔云,忽然而来,忽然而止,文字最高之境,不独诗也。

泊湖口,晚望洞庭

夕阳影里短篘携,湖树湘烟入望迷。
秋水碧归云梦北,暮霞红入武陵西。
飘摇木叶⑤随风下,历乱帆樯贴浪低。
何处一声长笛起,渔歌缓缓度平堤。

【旧评】至堂云,三、四中晚(唐)佳句。

---

① 湘阴:今隶湖南岳阳。
② 估客:贩货的商人。估,通"贾"。
③ 万斛舟回一叶轻:《国朝全蜀诗钞》作"一舟簸摆如叶轻"。
④ 玉钩:喻新月。
⑤ 木叶:落叶,出自《楚辞》。

阻风湖口三日，作诗排闷二首

其 一

烟波何处拜湘灵①，数点奇峰望里青。
芦苇飞花秋岸老，鱼龙鼓浪暮江腥。
燃余楚竹全无焰，归去衡云不暂停。
落日船窗一杯酒，此时甘让众人醒。

【旧评】恭三云，运用入化，浑脱高超。

其 二

勾留三宿太迟迟，莽荡旌旗任倒吹。
江上角声中夜起，枕边乡梦一灯知。
啼猿古树有余恨，香草美人空远思。
谁是朗吟飞渡客，窗前亲检柳侯碑。[一]

【江注】[一] 柳州府有柳宗元所书柳侯碑，过湖者各携一纸，可镇风浪。

【旧评】至堂云，"看山便有故乡情""枕边乡梦一灯知"，此等语看似无奇，正有深味。
樾乔云，此首如精金美玉。

---

① 湘灵：古代传说中的湘水之神。

十二日湖中遇风，泊磊石山①，遂蹑山顶，望湖作五首

其 一

晴云莽莽北风寒，敞尽湖光眼界宽。
一抹遥山谁画出，翠鬟斜照水晶盘。

其 二

鄂王祠下水沄沄②，水面钟声日夜闻。
采得湘兰难寄远，空山独荐洞庭君。[一]

【江注】[一] 山中有岳武穆庙，相传武穆擒杨幺时驻军于此。又有洞庭君庙，祀柳侯。

其 三

峰头拄杖一开颜，大地茫茫白水环。
三楚云山收拾净，只留波浪在人间。

其 四

远帆不动日初升，水色天光一气凝。
望眼已随鸿影尽，知从何处认巴陵③。

---

① 磊石山：位于湖南岳阳汨罗。
② 沄沄：水流汹涌的样子。
③ 巴陵：岳阳古称。

其　五

赛神①齐祝趁帆风，北去南归意不同。

我愿斜风吹更好，往来都在顺流中。[一]

【江注】［一］湖中每遇横风，往来船皆能举帆。

【旧评】至堂云，妙语解颐。

恭三云，佳句，可作两来船矣。

湖中月夜闻歌[一]

世路艰如此，衔杯②意若何。

那堪秋夜月，还听楚人歌。

犬吠寒山寂③，风吹暗浪多。

径思乘醉去，快剑斫④蛟鼍。

【江注】［一］时阻风五日。

登岳阳楼

登楼如驻彩云间，雪浪横飞雉堞环。

---

① 赛神：设祭酬神。
② 衔杯：口含酒杯，指饮酒。
③ 寂：《国朝全蜀诗钞》作"乱"。
④ 斫：《国朝全蜀诗钞》作"砍"。

天外片帆来鄂渚，烟中一髻辨君山①。

深杯贮月仙应笑，长笛呼风鹤未还。

客思苍茫何处起，秋波木叶满江关。

【旧评】恭三云，第四句画也不出。

荆河口②二首[一]

其 一

巴陵东去蜀江横，巨浪淘沙夜有声。

笑饮江中一杯水，浅深都是故乡情。

【江注】[一]湖水入江处。

【旧评】至堂云，浅语自深。

恭三云，此种诗与"遍插茱萸少一人"③皆耐咀嚼之语。

其 二

才浮南楚过三湘，又逐东风下武昌。

望眼怕迎斜日去，烟波尽处是瞿塘。

【旧评】樾乔云，二断句可付旗亭画之④。

---

① 君山：在洞庭湖中。
② 荆河口：位于湖北潜江。
③ 遍插茱萸少一人：唐王维《九月九日忆山东兄弟》有"遥知兄弟登高处，遍插茱萸少一人"句。
④ 旗亭画之：旗亭画壁，出自唐薛用弱《集异记·王之涣》，记王昌龄、高适、王之涣旗亭小饮，三人有诗入伶人歌词，辄引手画壁事。后比喻评论诗人高下，也用以比喻诗人聚会赛诗。此处意为佳而可歌。

大风雨三日,留下田铺①二首

其 一

难②泄冯夷③恨,空江走怒雷。

势摧千舸动,声卷万波来。

断港人烟少,荒原画角哀。

空谈舟楫④用,真愧济川才。

【旧评】恭三云,气魄好。

其 二

黯淡寒云色,喧腾晚浪声。

江湖难问路,风雨太无情。

酒已经时尽,诗多隔夜成。

侧身东北望,何处武昌城。

【旧评】樾乔云,字字老成。

---

① 下田铺:位于湖北武汉江夏区。
② 难:《国朝全蜀诗钞》作"一"。
③ 冯夷:古代传说中的黄河水神,即河伯。泛指水神。
④ 舟楫:唐孟浩然《望洞庭湖赠张丞相》有"欲济无舟楫,端居耻圣明"句。

过武胜关①[一]

摩霄碧嶂郁崔嵬，诀荡②关门两扇开。
南国风烟山外尽，中原尘土马前来。
溜穿危石双溪滑，秋入空林万木哀。
满目苍凉非旧迹③，不堪重对叵罗杯④。

【江注】[一] 楚豫交界处。

【旧评】至堂云，三、四佳句。

樾乔云，三、四似坡老宝鸡题壁诗⑤。

早行双河集⑥道中

木落千崖瘦，沙平一水闲。
晓烟笼竹影，宿雨渍苔斑。
藤络将倾石，桥连欲断山。
触眸增客感，风景似乡关。

---

① 武胜关：位于河南信阳与湖北广水交界处。
② 诀荡：横逸豪放。
③ 满目苍凉非旧迹：《梦甦斋诗集》作"满目凉非旧迹苍"，误。
④ 叵罗杯：古代饮酒用的一种敞口浅杯。
⑤ 坡老宝鸡题壁诗：宋苏轼《题宝鸡县斯飞阁》："西南归路远萧条，倚槛魂飞不可招。野阔牛羊同雁鹜，天长草树接云霄。昏昏水气浮山麓，泛泛春风弄麦苗。谁使爱官轻去国，此身无计老渔樵。"
⑥ 双河集：今河南驻马店确山县双河镇。

【旧评】至堂云，唐句。

恭三云，语警。

樾乔云，颈联未经人道。

发郾城①

哑哑乌啼晓，北风吹树杪。当关急传呼，侵晨催就道。开门唤僮仆，僮仆睡正熟。昨夜马不前，五更方投宿。天阴雨凄凄，大道融作泥。车行不见轮，马没不见蹄。马瘏②犹复尔，仆病难强起。敝裘那禁寒，手鞭皮肉死。夜行风灭烛，车没泥淖中。独向马前泣，无人怜途穷。酌酒慰仆夫，未言先长吁。古来行路难，历险姑徐徐。慎勿争捷足，足捷良可虞。慎勿避艰阻，艰尽得亨衢。尘世苦奔走，安能免崎岖？君子慎跬步，心定即坦途。闻言仆点首，促沽前村酒。策马过荒邮，雪花大如手。

【旧评】至堂云，"慎跬步"十字，可抵一篇《君子行》。

恭三云，阅历有得之言。又云，结得飘逸。

大石桥③旅舍雪夜独坐二首

其　一

无处容支枕，荒寒破屋中。

---

① 郾城：位于河南中南部，今隶漯河。
② 瘏：因疲劳而生病。
③ 大石桥：在今河南漯河临颍县石桥乡。

寥寥一杯酒，猎猎满窗风。
拨尽炉灰白，摇残烛影红①。
那堪愁绝后，鸡唱隔墙东。

其 二

童子垂头睡，怜渠②独忍寒。
衣裘中③夜薄，风雪一身单。
不历征途苦，安知涉世④难。
灯前形对影，短剑几回看。

晚抵新郑⑤

依然溱洧⑥向东流，烟树空蒙接郑州。
记得来时天欲曙，一轮凉月压城头。

宿卫辉感旧

中原杖策几经过，沙岸荒寒绕卫河。

---

① 摇残烛影红：《梦甄斋诗集》作"摇烛残影红"，误。
② 渠：他。
③ 中：《国朝全蜀诗钞》作"终"。
④ 涉世：《国朝全蜀诗钞》作"世路"。
⑤ 新郑：今属河南郑州。
⑥ 溱洧：郑国二水名。溱水源于今河南新密市白寨镇，洧水源于今河南登封市东阳城山，东流与溱水会合。

万里王程归及早，八年尘梦数来多。[一]
石桥流水春邀月，[二]酒市呼朋夜听歌。[三]
旧事茫茫惊聚散，西风愁绝老疲骡。

【江注】 [一] 自壬辰（1832）后八宿于此。

[二] 丙申（1836）元夕，在南关外桥上看月。

[三] 市南酒肆最佳，余曾五饮其中。

邯郸题壁

几载邯郸道上行，青甍①枕畔路分明。
羸车入市尘三丈，骄马冲寒柝②四更。
诗酒余闲聊睡梦，神仙游戏即公卿。
店门炊熟黄粱饭③，斜月亭亭日又生。

【旧评】 至堂云，颈联妙语。

樾乔云，此题惟不著议论，最为高浑。

---

① 甍：屋脊，房屋。
② 柝：旧时巡夜打更用的梆子。
③ 黄粱饭：黄粱一梦，比喻虚幻不实的梦想。出自《枕中记》。

自定州至安肃①，四五日间，馆人见客数言后往往避去。日落天寒，尚无灯火，舆夫乃与阿朗山彦达同年觅一小车共载而行。书此志慨

　　　　草草呼车马，荒荒落照中。
　　　　丛芦低戴雪，老树瘦擎风。
　　　　堠火邮亭暗，盘餐馆舍空。
　　　　从来夸四牡②，竟似阮生穷。

【旧评】樾乔③云，落笔超脱。

十一月二十一日养心殿复命恭纪

　　　　平明中使④听传宣，此日亲瞻咫尺天⑤。
　　　　来雪似怜周将帅，采风遥念粤山川。
　　　　瑶阶仗簇仙班笋，银烛光承御座莲。[一]
　　　　始信宵衣⑥求治切，怀归为值拜赓年。

【江注】[一] 御前烛犹未撤。

---

① 安肃：治所在今河北徐水。
② 四牡：四匹公马，指驾四马快车为王事奔忙。后世借指行役。出自《诗经·小雅》。
③ 樾乔：《梦甦斋诗集》作"乔樾"，误。
④ 中使：宫中派出的使者，多指宦官。
⑤ 咫尺天：比喻与天子极近。
⑥ 宵衣：天不亮就穿衣起身。旧时多以宵衣旰食称颂帝王勤政。

卷三　江上吟草①

龙马潭②和华阳相国③题壁韵

清樽不为晚凉开，自俯澄潭洗俗埃。
积水欲浮孤岛去，虚岚尽拥小窗来。
船头鱼影花千片，镜里螺痕翠一堆。
便拟移家长此住，何须海上访蓬莱。

【旧评】恭三云，刻划中有神韵。

玉田云，体格绝似中唐。

---

① 按：江国霖自选道光二十年庚子（1840）至二十二年壬寅（1842）十月间往返于大竹、泸州、合川等地诗作50首，编为《梦甦斋诗钞》第三卷，名《江上吟草》。
② 龙马潭：在今四川泸州。
③ 华阳相国：卓秉恬（1782—1855），字静远，号海帆，四川华阳（今隶成都）人，嘉庆七年（1802）进士，官至体仁阁大学士、武英殿大学士，谥文端，有《海帆集》。其《重游龙马潭》诗曰："澄潭如镜此间开，图画天然净少埃。一带山光浮座入，四周水气上亭来。乔松偃蹇青成幄，密竹周遭翠作堆。谁是使君留韵事，及时重为剪蒿莱。"

游龙马潭夜归渡江作

暮色苍然合，关城隐约看。
人烟千树杂，灯火万星攒。
旧路沙痕没，荒江雨气寒。
归来犹酩酊，方悟独醒难。

三官祠①

城南咫尺接仙乡，野草茸茸夹路长。
采药人来烹茗坐，晚春天似早秋凉。
树阴垂地云难扫，花气薰②帘雨亦香。
丹灶琴台何处问，步虚声断暮山荒。[一]

【江注】［一］前有耕霞道人，善琴。
【旧评】至堂云，晚唐名句。
恭三云，似《剑南集》③。

---

① 三官祠：位于四川泸州江阳忠山。
② 薰：同"熏"。
③ 剑南集：陆游《剑南诗稿》。

舟发泸州口占示送行者

自笑来迟去太忙，好风吹送古江阳。

归装稳便无他物，满载船头豆酒香。[一]

【江注】［一］泸产豆酒最佳，同人多以见贻。

【旧评】 至堂云，佳话。

窈窕篇[一]

窈窕姬人年十七，当窗晓起学拈笔。锦字新诗吟未成，委鬟不梳发如漆。兰阶小步问萱堂①，俛俛②堂前持酒浆。停箸凄然不忍食，背人珠泪弹千行。泪千行，心千转，一桁湘帘长不卷。欲随春梦渡泸江，不识泸江水深浅。去时小园桃花飞，如今桃叶绿成围。桃叶桃花关底事，可怜花里燕将归。燕归远过泸江外，客思经春久无奈。明日孤帆下渝州③，青山隐隐愁相对。山容疑有复疑无，恰似新描两眉黛。眉痕惨淡对妆台，含情凝睇待侬回。为言今夜休相忆，应有灯花并蒂开。

【江注】［一］合江④舟次作。

---

① 萱堂：北堂，主妇居室，出自《诗经·卫风》。后借指母亲的居处或母亲。萱，萱草，又名"忘忧""宜男""金针"，俗称黄花菜。
② 俛俛：同"黾勉"，勤勉，努力，出自《诗经·小雅》。
③ 渝州：今重庆。
④ 合江：今隶四川泸州。

【旧评】至堂云，深秀。

玉田云，风韵欲绝，仙乎？仙乎？

眉君云，初唐体。

水　宿

水宿难成寐，孤蓬影自低。
诗情随浩荡，乡梦转凄迷。
戍鼓临风咽，沙禽尽夜啼。
饥驱徒尔尔，何似卧盐溪。

车亭子①

突兀车亭子，孤立江水中。横波白浩浩，积石青蒙蒙。境擅蓬莱胜，奇真瀣溆同。何人辟兰若②，高枕暮潮空。

【旧评】玉田云，雄杰。

青木关③至六塘④道中

一溪抱千山，一山累千石。山曲石纵横，水力奋相激。就下

---

① 车亭子：又称龟停山、小南海，在重庆大渡口跳蹬镇沙沱村长江中。
② 兰若：阿兰若，佛教音译词，原意为森林，引申为"寂静处"。泛指佛寺。
③ 青木关：位于今重庆沙坪坝区。
④ 六塘：位于今重庆璧山区。

势反高,进寸退盈尺。时或潴为潭,窅然堕深碧。密箐夹疏林,中有麚①鹿迹。蒙茸山外山,古来未垦辟。豆花绕篱开,知是谁家宅。引溜笕②萦纡,通幽桥逼窄。高田春雨足,插禾兼割麦。桃源故依然,疑与世尘隔。有叟发蟠蟠,杖藜来讯客。村女亦妖娆,山花堆鬓侧。不知意云何,但闻语唧唧。尔生山泽间,那解恤行役。行役春复春,篮舆苦颠掷。我仆足成胝,我徒汗流液。而我一卷诗,长吟声未息。挥手谢山翁,浩歌聊自适。

【旧评】至堂云,昔人论画山易、画水难,此起手八句,真能画水而曲尽其妙。

恭三云,"有叟"一段,途中确有此境,恰道不出。

眉君云,奥折而出以自然,真力弥满之作。

抵定远③二首

其 一

印山④山色又当头,不是还乡也破愁。
漫拟成连归海上,却如贾岛望并州。
高城过雨云俱活,野渡添潮水乱流。
多愧门闾都倚遍,春晖寸草愿难酬。

---

① 麚:《梦甦斋诗集》作"麇",误。
② 笕:引水的长竹管。
③ 定远:今四川武胜。
④ 印山:位于今四川武胜岩口镇嘉陵江东岸。

其 二

旧辟书斋号爱莲①,遗徽景仰有先贤。[一]
竭来渝水巴山路,重傍光风霁月天。
无复黄花堆槛外,[二]空余绿草满窗前。
昼长诗课须料理②,扫榻焚香手自编。

【江注】[一] 馆于濂溪祠。

[二] 庭外有菜花盈两畦,去时甚盛。

【旧评】恭三云,二作又是香山③一路笔墨。

龙石桥旅店作

荷叶绕门前,槿花铺篱后。绿榕三四株,垂荫十余亩。中有幽人宅,蓬门阻溪口。小桥跨崎嵚④,修竹分左右。堂深堪留宾,地僻容沽酒。主人出肃客,似讶识名久。呼儿烹新茶,便娟⑤解趋走。略为展邦族,翩翩文字友。更出纸盈丈,索书字如斗。笔墨颇精良,纵横应吾手。夜静月窥檐,谈深风入牖。

---

① 爱莲:周敦颐(1017—1073),又名周元皓,字茂叔,原名周敦实,号濂溪,世称濂溪先生,道州营道(今湖南道县)人,北宋官员、学者,有《通书》《太极图说》《周元公集》,《爱莲说》一文最知名。曾官合州(今重庆合川)通判,其时合州辖定远县。
② 料理:整理。
③ 香山:唐白居易号香山居士。
④ 崎嵚:险阻不平。
⑤ 便娟:轻盈美好貌。便,音 pián。

满榻生新凉，洒洒驱尘垢。留诗志壁间，重来还记否？

【旧评】玉田云，居然①出自坡仙。

眉君云，张评极确。

王家坪早发，迟明抵立石站②

荒鸡未动人先起，晓月将低天更清。
露稻传香三十里，秋虫送响万千声。
泠泠③寒水暗中泻，点点残星林际明。
似带昨宵余醉在，篮舆偃蹇④乡梦⑤生。

【旧评】至堂云，老致森森。

恭三云，矜炼之至，不落凡响。

次韵赠某

果然成就好因缘，袅袅花枝照绮筵。
恰是绿珠⑥吹笛夜，相逢碧玉破瓜⑦年。

---

① 居然：俨然。
② 立石站：今四川泸县东北100里有立石镇，古称立石栈。
③ 泠泠：《梦甦斋诗集》作"冷冷"，误。
④ 偃蹇：安卧。
⑤ 乡梦：思乡之梦。此处出律，疑为"梦乡"刻误。
⑥ 绿珠：西晋石崇宠妾，美而艳，善吹笛。
⑦ 碧玉破瓜：南朝宋汝南王为其爱妾作《碧玉歌》中有"碧玉破瓜时"之句。因"瓜"字破开成两个八字，故代指女子十六岁。

鸳鸯侧目愁春水,鹦鹉惊心怯暮天。

骏马千金能换否,萧郎①珍重试吟鞭。

【旧评】至堂云,不减《疑雨集》②。

恭三云,奇花初胎。

题潘惺斋镜③少府④《秋窗夜话》前图

前一图,为其前配张倚兰作也。

潘郎捧图向余言,欲言未言涕泫然⑤。披图黯淡不忍视,红稀绿瘦秋娟娟。是时月满吴江侧,月中人与月同色。秋天萧爽⑥无云生,照见书窗一抹白。窗南碧梧疏且寒,窗北竹影三两竿。开窗有人夜未寝,云鬟玉臂依阑干。阑干曲曲弄清影,月照松梢⑦酒初醒。添衣不觉晚风凉,联句浑忘宵漏⑧永。无端月色暗中宵,镜里鸾飞不可招。广寒宫阙渺何许,仙人归去孤

---

① 萧郎:泛指女子所爱恋的男子。
② 疑雨集:明末诗人王彦泓的诗集,多艳体。
③ 潘惺斋镜:潘曾莹(1808—1878),字申甫,号星斋、惺斋,江苏吴县人,道光二十一年(1841)进士,工书画。官至户部左侍郎,有《小鸥波馆诗钞》《蓼莪余咏》《红蕉馆诗钞》《使滇吟草》《芸馆簪毫集》等。"镜"疑其初名。弟潘曾绶,初名曾鉴。
④ 少府:县尉的别称。
⑤ 泫然:流泪的样子。
⑥ 萧爽:凉爽,凄清。
⑦ 梢:《梦甦斋诗集》作"稍",误。
⑧ 宵漏:代指夜间。漏,古计时器。

云高。从此银窗罥①蛛网，苔痕零乱缘阶长。雨中切切寒虫吟，灯下萧萧落叶响。吴江秋月又重来，江上秋窗亦暂开。深夜可怜形对影，嫦娥见我空徘徊。黯然携是图，西向峨眉去。峨眉山月秋更清，仿佛窗前偎影处。浮沉宦海今十年，窗自长封月自圆。每当露白风清夜，直到天明未忍眠。我语潘郎勿叹惜，旧游如梦那堪忆。但教窗外月长明，天上人间总不隔。君家松竹久荒芜，我家窗前蕉十株。蕉阴掩月人无寐，谁写秋光入画图。

【旧评】云堂云，沉艳入骨。

玉田云，设色绝工。

恭三云，好布置，好关会。又云，哀艳处不减义山②。

题《秋窗夜话》后图

后一图，惺斋为其继配赵友莲作也。赵工诗词，尤长绘事，书法亦端秀，惺斋常有偕隐吴江之意，故拟此一图，以续前缘订后期焉。

今夕何夕秋风清，仙人招我吹瑶笙。秋光澹沱③宵来晴，皎皎当窗孤月明。炯如流水积空庭，中有荇藻④纵横生。何人

---

① 罥：悬挂，缠绕。
② 义山：唐李商隐（约813—约858），字义山，号玉谿生，又号樊南生，原籍怀州河内（今河南沁阳），后移居荥阳（今河南郑州），晚唐诗人，以男女爱情为题之无题诗最有名。有《李义山诗集》。
③ 澹沱：荡漾貌。
④ 荇藻：多年生草本植物，叶略圆，浮水面，根生水底，花黄。

褰衣踏月影，举头见月心怦怦。欲向嫦娥借云軿①，飘然忽作吴江行。吴江江上有旧宅，桐枝竹叶终年青。拂槛垂窗交相萦，下泻月光如瑶琼。携佳人兮步雕楹，煮香茗兮开银瓶。秋风兮萧瑟，纷触耳兮秋声。时凭肩而絮语，拜天上之双星。白露②下兮画槛湿，苍烟起兮银台平。此景欲见不可见，终夜吟诗吟未成。何来丹青好画手，点缀秋色殊忪惺③。移取旧图一片月，照向新人尤有情。新人见月似相识，前身与汝居瑶京。画工写人兼写月，古月今月同晶莹。转疑旧时开窗对月处，今日近在芙蓉城。我题此图毕，我自长吟无人听。明月窥牖光盈盈，街前铃柝刚三更。

【旧评】恭三云，飘逸又似青莲④。

题黄契之绍贽《入峡图》

上无青天下无地，十万奇峰堕空际。是谁笔力驱长风，一扫云烟忽破碎。瞿塘三峡夔门东，岷江水与沧溟通。到此束缚更无路，剖取山腹为蛟宫。长年三老愁相向，怪石崩崖压头上。江东之客乘风来，独破长江万里浪。初入下峡归州⑤西，新滩⑥

---

① 云軿：神仙所乘之车，以云为之。
② 露：《梦甦斋诗集》作"雾"。
③ 忪惺：惺忪。
④ 青莲：李白号青莲居士。
⑤ 归州：今湖北秭归。
⑥ 新滩：位于湖北宜昌秭归县屈原镇。

十丈如登梯。一帆峨峨蠢云过,峡猿江鸟惊相啼。中峡上峡各崒绝①,十二巫峰半积雪。断缆势随涛影飞,长篙声激石根裂。是时峡里春初来,千山万山桃花开。红红白白看不定,却如邓尉②探梅回。手撚③桃花时一笑,满目云山皆诗料。花香都赠美人峰,诗好先酬神女庙④。君嫌诗笔写未足,更倩丹青拓长幅。丹青半壁诗百篇,收卷江山作一束。我曾放棹趋彝陵,填胸丘壑犹崚嶒。今见此图乃神肖,一夜梦魂飞杳冥。惜哉翠屏重叠渺无路,只有白云缕缕分空青。君不见,东有瞿塘西剑阁,两地雄奇不可削。君盍更作一图状飞仙,万人举首皆惊愕。

【旧评】至堂云,起手突兀奇警,老杜⑤七古多此种。

恭三云,兴酣落笔,所谓墨沈淋漓障犹湿也。

玉田云,精奇无匹,起手笔力直是少陵门户。

眉君云,李、杜、苏合而酝酿,遂另有一境,非五侯鲭⑥比也。

自题旧砚

相携久与共平生,南走湘漓⑦北帝京。

---

① 崒绝:峭拔,险峻至极。
② 邓尉:邓尉山,位于江苏苏州西南,赏梅胜地,汉邓尉(邓禹)曾隐居于此。
③ 撚:执,拈,捏。
④ 神女庙:原址位于重庆巫山县飞凤峰,祀神女,后一般指神女峰下神女庙,上下船经此,祷求平安。
⑤ 老杜:指杜甫,以区别于"小杜"杜牧。下文"少陵"亦指杜甫。
⑥ 五侯鲭:古代佳肴名,西汉娄护所创,出自《西京杂记》。
⑦ 湘漓:湘江、漓江,此处代指湖南、广西。

灯照锁闱①连五夜,胪传金殿第三声。
此时俱有凌云意,爱汝仍含介石贞。
今日寂寥尘匣里,销磨醉墨更精莹。

【旧评】玉田云,开合体势,纯乎古人。

温汤峡②

我读桃源诗,疑是渊明游戏词。人间那得有此境,海上三山梦见之。此行来过温汤峡,片片云根水面插。双扉对敞琉璃屏,匹练平铺翡翠匣。盈盈衣带湾复湾,修竹蒙茸青连山。舟入四望苦无路,只有渔郎相往还。回头尘世隔几许,哀猿自呼鸟自语。浅碧粼粼春无波,轻桡画舸随风举。溪流几折山忽穷,幽篁夹路潜相通。不知何代辟此境,别有一天烟蒙蒙。纵横阡陌生野花,凿壁嵌崖三两家。门外苍苔点石净,桥头绿柳垂溪斜。峨峨石楼中何有,垂髫之童黄发叟。书声琅琅出云间,见客惊呼来窥牖。尔生住此几十春,疑尔便是桃源人。但得渔郎引路入,武陵岂必皆迷津。憾不来买数弓地,从尔避人兼避世。他时我作桃源图,转恐渊明嗤好事。

【旧评】至堂云,摹写峡景,幽折清森,突过右丞③《桃源行》。

---

① 锁闱:犹锁院,科举考试用语。
② 温汤峡:又名温塘峡、温泉峡,位于重庆北碚区。
③ 右丞:唐诗人王维官至尚书右丞,有《王右丞集》《画学秘诀》等,诗尤长五言,多咏山水田园。

恭三云，写景如入十洲三岛，不复知有人世。又云，收处回映周密。

玉田云，全诗亦似桃源记。

忆昔时

去年今日卿随我，环江小县初停舸。今年今日我别卿，片帆忽达渝州城。渝州去家五百里，相思一夜春草生。不是侬多愁，只缘卿善病。自见春风来，月余不揽镜。镜中鸾影惜分飞，开奁惟有泪双垂。玉颜憔悴今犹尔，何况归来秋晚时。归来兮，归来兮，归来病骨尚能支。愿君早去早归来，莫待桃李华叶衰。忆昔时，那及昔时好。昔时客里相见迟，今日病中相别早。人生勿作病中别，相思一夜生春草。

【旧评】至堂云，天下惟有才人乃有此深情，回环宛转，深得古乐府神理。

恭三云，未知文生于情，情生于文？！

玉田云，跌宕多姿，音节入古。

春暮游云峰寺①，舟发凝光门②

一江春水绿如螺，昨夜新添数尺波。

---

① 云峰寺：位于四川泸州。
② 凝光门：位于四川泸州。

小艇莫愁双眼窄,琴台南上好山多①。[一]

【江注】[一]尹伯奇②琴台在南关内五里。

石埘③小憩

雨过山俱活,舟停日未斜。
荒江饶④竹石,小市聚鱼虾。
父老惊仙吏,奚童⑤觅酒家。
到来先痛饮,扶醉入烟霞。

【旧评】至堂云,"活"字新。

由石埘步至云峰寺

兹山四面看,面面如削玉。我行浮江来,满船落寒绿。舍舟始登岸,空阔纵双目。山灵知我心,收卷云万幅。斜阳一角晴,照耀遍岩谷。断壁烧红霞,寒涧飞青瀑。近山山忽隐,坡陀迷往复。村农聚三五,新秧携簇簇。行歌且踏犁,宵来春雨

---

① 山多:《梦甦斋诗集》作"多山",误。
② 尹伯奇:西周名臣尹吉甫长子,古蜀国江阳(今四川泸州)人。母死,吉甫更娶后妻。后妻谮伯奇于吉甫,吉甫怒,放伯奇于野。伯奇自伤无罪见逐,乃作《履霜操》,援琴而歌之。吉甫感悟,求伯奇于野,射杀后妻。
③ 石埘:石埘场,现泸州纳溪县北长江西岸方山镇。
④ 饶:多。
⑤ 奚童:僮童,未成年的男仆。

足。尔本山中人，寻山路可熟。回头指灵关，窅然①堕山腹。田高溪水分，路断石桥续。丹梯百余级，阴森垂古木。老衲笑迎门，拱立双黄鹄。导我礼云房，木鱼催僧粥。绕篱拨新笋，琅玕②盈一束。酸馅③那复嫌，堆盘胜苜蓿。莲社邀渊明，断酒无乃酷。同行两三人，觥觥俱不俗。差比惠子游，[一]或疑冉有仆。[二]藉兹山水音，共洗尘十斛。清磬泠然来，倦依山鸟宿。

【江注】［一］谓萧广文。

　　　　［二］谓苏、许二生。

【旧评】恭三云，"近山山忽隐"，谁不见得，谁解道得？

宿云峰禅院待汪蟾秋映晖不至

暮色西南来，林容转苍翠。一片绿云影，飞向檐前坠。山风飒然清，远送梵音至。闲坐开僧寮，繁星④当窗丽。老僧说无无⑤，澜翻了千偈。万籁俱岑寂，从此证初地。耿耿佛灯青，夜分静无寐。之子期不来，今宵何处醉。

【旧评】至堂云，王、孟⑥。

---

① 窅然：深远的样子。
② 琅玕：神话传说中的仙树，其实似珠，用以形容竹之青翠。一般指竹，此处指笋。
③ 酸馅（táo）：馅，用杵棍击打泥状的食物。应为"馅"。酸馅，蔬菜包子，僧家素食，因常以"酸馅气"讥称僧人言词诗文的特有腔调和习气。此处为僧人自讽以谦。
④ 星：《梦甦斋诗集》作"新"，误。
⑤ 无无：连空虚无有也没有。
⑥ 王孟：唐诗人王维、孟浩然。"王孟诗派"多咏山水田园。

玉田云,盛唐手法。

樾乔云,吐弃尘氛,其品最贵。

过一朗上人禅院

静院无人到,清晨来品茶。
闲临一池水,坐对千树花。
地僻琴心古,山深鸟语哗。
春衣难称体,渐觉晓寒加。

【旧评】玉田云,风格似王、孟。

云峰龙湫二首

其 一

虚岩忽涌海潮音,想见龙蟠大泽深。
到此都须斟一勺,好铭他日出山心。

其 二

石笕萦纡引溜澌,分来砚滴坐题诗。
山僧不放山泉去,步步禅房甃①碧池。

---

① 甃:砌。

火焰碛①

昨夜天门开谽谺,繁星点点飞如麻。罡风激荡化为石,糁②入空江铺白沙。大者如拳小如指,玉润珠光差相似。想当娲皇烧炼时,五色斑斓透骨理。巨浪淘沙去不还,此石终古留人间。舟师渔子那能识,弃置疑同顽石顽。我采此石不取瘦,精光莹莹满怀袖。天竺一峰安足奇,壶中九华逊汝寿。客言此石堪试金,真伪了了存君心。就中色如精铁者,市贾宝之如球琳③。吁嗟兮,黄金不到图书府,石兮石兮安用汝?

【旧评】至堂云,结妙。
恭三云,题新,故诗亦不作凡语。
玉田云,后半开出波澜。必须此压题之法,诗乃可存。

题潘惺斋《家山归隐图》

捧檄西来十二年,故园回首路三千。
梦中如在山阴道,醉后愁听蜀国弦。
几树垂杨斜映水,数椽茅屋晚生烟。
倘归我欲相从去,画里同乘访戴④船。

【旧评】至堂云,气格老。

---

① 火焰碛:四川泸州长江上游一砂卵石浅滩。
② 糁:洒、散落,涂抹。
③ 球琳:皆美玉名。泛指美玉。
④ 访戴:指晋王徽之雪夜乘兴驾小船往剡溪访戴逵事,出自《世说新语·任诞》。后为拜访朋友的代称。

雨后过许书云定祥山居

一枕篮舆午梦酣,雨声催我出城南。
近山村落云来往,隔浦秧歌人两三。
古径丛篁初破绿,野田春水半拖蓝。
寻君莫逐溪流尽,恐有桃花涨碧潭。

再宿许氏山居

尽得烟霞趣,将身入画看。
路穿禾黍细,庭带竹松寒。
月影临窗迥,蛙声逼夜阑。
孤吟仍此夕,不醉有余欢。

题佩芳①女史《三余课女图》二首

其 一

漫说中郎②有后身,残书满架欲生尘。
第三弦畔知音在,零落金徽听不真。

---

① 佩芳:袁佩芳,女,广西桂林人,随父宦游四川,善画。
② 中郎:蔡邕(133—192),字伯喈,陈留郡圉县(今河南杞县南)人,东汉名臣,文学家、书法家,曾任左中郎将等职,世称"蔡中郎",才女蔡文姬之父。

其 二

弱女犹能读父书,此才便抵掌中珠①。
满庭松竹萧萧影,不是天寒翠袖图。

月夜纳凉

摊书苦未适,曳履草间行。
月傍蕉阴转,风从瓜架生。
一灯高阁影,远籁大江声。
独到忘机处,茶烟缕缕轻。

题林菊史树恒观察②《观奕③图》二首

其 一

古鼎烟消一篆香,纷纷黑白又当场。
山中樵子春秋换,橘里仙人④世界凉。
两阵几时收壁垒,百年何处问沧桑。
到头胜负谁能料,坐看乌飞兔走忙。

---

① 此才便抵掌中珠:《国朝全蜀诗钞》作"曙星明到掌中珠"。
② 林菊史树恒观察:林树恒,字菊史,顺天大兴(今隶北京)人,曾任川南永宁道(治今四川泸州)道员。
③ 奕:通"弈"。
④ 橘里仙人:传说中在橘里下棋的神仙,后代指下棋。

其 二

洗兵终要挽银河，局外观人感慨多。
蛮触①但知微利在，虫沙②屡见劫尘过。
从来国手争先著，独抱雄心付短歌。
一笑推枰还敛袖，风吹碧月上烟萝。

【旧评】至堂云，别有寄托，不愧大家。
恭三云，结尤超妙。

壬寅（1842）初秋鹤山书院解馆③北上留别诸同好二首

其 一

累人奚止愧猪肝④，心太平斋屡授餐。
事为苍生虚己问，[一]坐添红烛彻宵欢。[二]
送行图好题名艳，[三]饯别诗多和韵难。
此后长江隔千里，牙琴落落向谁弹。

【江注】[一] 观察林菊史先生，每见，谈恒日昃⑤。

---

① 蛮触：蛮触之争，喻为小事而争斗，出自《庄子·则阳》。
② 虫沙：比喻战死的兵卒或因战乱而死的人民，出自《艺文类聚》卷九十五所引《抱朴子》。
③ 解馆：书塾停办、塾师解聘或辞职。
④ 猪肝：《后汉书·周黄徐姜等传序》："（闵仲叔）客居安邑。老病家贫，不能得肉，日买猪肝一片，屠者或不肯与，安邑令闻，敕吏常给焉。仲叔怪而问之，知，乃叹曰：'闵仲叔岂以口腹累安邑邪？'遂去，客沛。以寿终。"后用以表示牵累主人。
⑤ 日昃：太阳偏西。

[二] 观察饯余于心太平斋,张饮观剧,为终夕欢。

[三]《泸州送行图》,为潘惺斋少府、友莲女史夫妇合笔。

其 二

南定楼前好月明,年来喜听读书声。

词臣风味仍贫士,山长头衔愧瘦生。

洒落墨光飘万纸,飞扬酒气累千觥。[一]

龙潭曾续中台咏,谁藉纱幮①护姓名。[二]

【江注】[一] 濒行,时索书招饮者日不暇给。

[二] 余有和卓海帆相国龙马潭题壁诗,谋刻石,未果。

永川②旅舍赋别

百里送樽酒,故人心可知。

路长终有别,情重转无诗。

爽飒风尘气,艰难少壮时。

一鞭从此去,晓色树离离。

【旧评】至堂云,"路长"十字,真朴可诵。

---

① 纱幮:碧纱笼,出自五代王定保《唐摭言·起自寒苦》,后用以指所题受人赏识、重视。

② 永川:今隶重庆,位于长江上游北岸。

途中感事二首

其 一

近闻飞檄走三巴,千里征兵道路哗。
战士东南犹待饷,流民西北已如麻。
沙虫影乱开戎帐,风鹤声高接塞笳。
却怪年年戈甲动,野田偏种米囊花①。

其 二

蚁穴须防酿祸胎,御人②多近国门来。
但闻讳盗称能吏,谁敢谈兵起将才。
杼轴③渐空悲士女,萑苻④何计靖渠魁⑤。
锦江玉垒真全盛,相对茫茫首重回。

【旧评】至堂云,酷似杜工部《诸将》、李空同⑥《秋怀》,均七律中皇皇大篇。

恭三云,感怀时事,系念君国,深切沉痛。

樾乔云,二首沉挚近杜。

---

① 米囊花:罂粟花。
② 御人:以武力制人而夺取财货。
③ 杼轴:织布机上的两个部件,亦代指织机。也指营谋,枢要。
④ 萑苻:盗贼。
⑤ 渠魁:首领。
⑥ 李空同:李梦阳(1473—1530),字献吉,号空同,祖籍河南扶沟,明朝诗人。

过三翠山房因题

江风吹酒醒,摇曳上滩舟。
一径芦花掩,开窗竹影流。
渔樵时问姓,几榻自含秋。
便欲从君住,烟波伴白鸥。

【旧评】 恭三云,飘然而来。

玉田云,大似襄阳①。

题吴春帆江②《云海问津图》[一]

莽莽红云一万重,披图从此讯游踪。
全收岭海毫端现,或与韩苏③世外逢。
出水珊枝争照眼,浮空烟岛尽填胸。
新诗未敢高声读,画里犹疑起蛰龙。

【江注】 [一] 图作于渡琼州时。

【旧评】 玉田云,似明七子,学杜。

樾乔云,疏爽可诵。

---

① 襄阳:唐诗人孟浩然,襄阳(今隶湖北)人,世称"孟襄阳",诗风清淡自然。
② 吴春帆江:吴江(?—1861),字春帆,别号临邛道士,邛州(今四川成都邛崃)人,曾南游两粤,航海去琼州,自号过海神仙,作《云海问津图》以记。有《草亭诗存》《航海归来集》《二十六友传》等,不传,善书法。
③ 韩苏:韩愈、苏轼。

哭凤姬①[一]八首

【江注】[一] 殁于九月八日。

其 一

无情风雨逼重阳，篱菊飘零惨不香。
莫怪看花人掩泪，古来多恨是江郎。

其 二

仿佛晨妆揽镜时，壁间遗挂绿云滋。[一]
柔鬟尚自经尘涴，争怪潘郎鬓有丝。

【江注】[一] 姬殁后②，所遗鬒发犹存壁间。

【旧评】玉田云，情绪无聊，令人神瘁。

其 三

饮罢屠苏病已深，[一]伤春送别更惊心。
可怜一掬牵衣泪，直为征人滴到今。

【江注】[一] 姬病始于今年元日。

---

① 凤姬：魏氏，名姬，为江国霖童子婚，道光二十二年壬寅（1842）10月11日（农历九月初八）病逝，年19。
② 后：《梦甦斋诗集》无此字。

其 四

半年明镜不开奁,病骨支离影更纤。

剩有当时花样好,莲钩①端整约双缣②。

其 五

算来惟我负卿卿,十九年华了一生。

经过生离旋死别,黄泉那得不吞声。[一]

【江注】[一] 余归甫九日而姬没。

其 六

双飞彩凤几时还,逝水无情岂驻颜。

惟有远山与新月,写卿眉影在人间。

【旧评】恭三云,情至者应有此想。

其 七

拈来诗谶③迥添愁,好景都疑梦里游。

寂寂空堂风露冷,伤心不是为悲秋。[一]

【江注】[一] 余二月赴泸,时姬病方剧,肩舆中翻撷④《才调集》⑤,以诗卜之,得"梦醒笙歌散,空堂寂寂秋"二句。

---

① 莲钩:旧时妇女所缠的小足。
② 双缣:双经双纬织物。
③ 谶:预言,预兆。
④ 撷:采摘,摘取。
⑤ 才调集:五代后蜀韦縠编著的一部唐诗选集。

其 八

一抔黄土葬婵娟,谡谡①松风散纸钱。
地下香魂相忆否?劳人又赋《北征》②篇。[一]

【江注】[一] 余赴都前一日,始得哭诸其墓。

---

① 谡谡:形容风声。
② 北征:唐杜甫有长篇叙事诗《北征》,叙述安史之乱中民生凋敝、国家混乱情景,陈述对时事的见解。

卷四　北游草①

北上留别家人四首

其 一

宦迹高寒寄玉京②，秋风催我赋长征。
神仙旧侣遥相待，游子春晖感易生。
潦草家无三月聚，去来身比片云轻。
故山猿鹤闲如许，恐有移文送此行。

【旧评】恭三云，真极故朴，朴极故雅。

其 二

归时凄绝《蓼莪》③篇，秦陇关山尽黯然。

---

① 按：江国霖自选道光二十二年壬寅（1842）十一月启程北上赴京履职时月余诗作73首，编为《梦甦斋诗钞》第四卷，名《北游草》。
② 玉京：指帝都。
③ 蓼莪：《诗经·小雅·蓼莪》，表达不能孝养父母的痛极之情。

检点琴书余手泽，羁縻禄养悔华年。[一]

风前树影摇无定，雪后兰枝采不鲜。

饮血皋鱼①中夜起，白云遮断宝珠阡。[二]

【江注】[一] 庚子（1840）夏，自长安奉讳②归里。

[二] 宝珠，寺名，先君墓在其地。

其 三

空羡潘郎奉板舆，萱花犹倚旧门闾。[一]

四方多难谁安宅，八口无聊尚索居。

娇女学书开箧后，雏姬进酒上灯初。

临歧别有伤心泪，鸳冢埋香恨未除。[二]

【江注】[一] 谋奉太安人就养都中，不果。

[二] 凤姬没甫二十二日。

【旧评】恭三云，灵则必轻，沉则必钝。擅二美而忘二弊，船山③后一人。

---

① 皋鱼：孔子行，见皋鱼哭于道旁，辟车与之言。皋鱼曰："吾失之三矣：少而学，游诸侯以后吾亲，失之一也；高尚吾志，闲吾事君，失之二也；与友厚而小绝之，失之三也。树欲静而风不止，子欲养而亲不待也。往而不可追者，年也；去而不可见者，亲也。吾请从此辞矣。"立槁而死。出自《韩诗外传》。后用作人子不及养亲的典故。

② 奉讳：居丧。

③ 船山：清性灵派三大家之一张问陶（1764—1814），字仲冶，一字柳门，其故乡四川遂宁城西有船山，因以为号。

其 四

一门群从①旧儒风,只惜行藏不尽同。
前路须争程九万,当年曾赁屋西东。[一]
世间得失疑隍鹿②,天上音书问塞鸿。
惆怅竹溪桥下水,送人离别太匆匆。[二]

【江注】[一] 壬辰(1832)、乙未(1835)与台山兄同赴礼闱。
　　　　[二] 台山、砺山③两兄携酒饯余于邑西十里竹溪桥。

【旧评】至堂云,四诗写留别,情绪极真挚,而极有天趣。

成都道中二首

其 一

处处成图画,柴门野客居。
芦花低覆路,菱叶细通渠。
屋角桤林接,篱根菜把疏。
何时开半亩,傍此结茅庐。

其 二

稳度征鞍去,通衢一掌平。

---

① 群从:同宗兄弟子侄,多指堂兄弟。从,音 zòng。
② 隍鹿:喻梦幻虚无,出自《列子·周穆王》。
③ 砺山:江国云,字砺山,大竹人,道光八年(1828)乡试不第,后捐署南川、剑州、南充、广安等县教谕。

桥横烟外影，车曳水中声。[一]
岁稔村酤美，风淳堠火清。
即今看蜀道，只似御风行。

【江注】[一] 沿路水车最多。

【旧评】至堂云，似老杜何氏园林之作①。

樾乔云，写景多用杜法，故自可存。

过杨升庵②先生故里

直臣何止重丹铅③，不负科名是昔贤。
痛哭能惊天子听，佯狂岂为市人怜。
西川文献余荒宅，南诏莺花老谪仙。
三百年来前后辈，桂湖回首更茫然。[一]

【江注】[一] 庚子(1840)秋，曾泛桂湖。

【旧评】至堂云，三、四肖惬，不能移赠他人。

恭三云，精切中有光焰。

---

① 老杜何氏园林之作：杜甫有《重过何氏》五首，写其于困居长安之春日再次拜访何将军的情景，犹如情景俱佳的散体游记。
② 杨升庵：杨慎（1488—1559），字用修，号升庵，新都（今隶四川成都）人，明代文学家、学者、官员。
③ 丹铅：旧时点校书籍用的丹砂和铅粉。借指校订之事。

白马关①庞靖侯②墓下作③

关前柏老路萋迷④,独剔残碑叹凤兮。
壮岁曾邀司马⑤鉴,才名惟有卧龙⑥齐⑦。
汉家营废鸦空噪⑧,蜀国山深日易低⑨。
一样墓门衰草合,定军山北惠陵西⑩。

【旧评】至堂云,浑恓,结更有深味。

恭三云,使事工切。

玉田云,不著议论,自然到格。

---

① 白马关:位于四川德阳罗江区白马关镇鹿头山。
② 庞靖侯:庞统(179—214),字士元,号凤雏,襄阳(今隶湖北)人,东汉末年刘备帐下重要谋士,与诸葛亮同拜为军师中郎将。谥靖侯。
③ 白马关庞靖侯墓下作:《国朝全蜀诗钞》题作"庞靖侯祠题壁"。
④ 柏老路萋迷:《国朝全蜀诗钞》作"石磴树萋迷"。
⑤ 司马:司马徽(?—208),字德操,颍川阳翟(今河南禹州)人,东汉末年隐士,精通奇门、经学,有"水镜先生"之称。
⑥ 卧龙:诸葛亮(181—234),字孔明,号卧龙,琅琊阳都(今山东沂南)人,三国时期蜀汉丞相,中国古代杰出的政治家、军事家、发明家、文学家,谥武侯。
⑦ 才名惟有卧龙齐:《国朝全蜀诗钞》作"奇才堪与卧龙齐"。
⑧ 汉家营废鸦空噪:《国朝全蜀诗钞》作"荒原落日招魂去"。
⑨ 蜀国山深日易低:《国朝全蜀诗钞》作"终古寒鸦向客啼"。
⑩ 定军山北惠陵西:定军山位于陕西汉中勉县城南5公里,山下有武侯墓。惠陵为三国蜀先主刘备墓,位于四川成都,陵侧有武侯祠。

绵州①早发

荒鸡乱啼寒月低,欲明未②明天冥迷。卧闻铃铎振③空响,披衣出户风凄凄④。阁道摩⑤云一千里,请⑥君先踏⑦涪江水。征马⑧北去水东流,好作尺书寄双鲤。

【旧评】至堂云,情景宛然,气格尤老。

恭三云,毕清一气,自是高唱。

玉田云,音节在中、盛(唐)之间。

过涪江,以旧作哭凤姬诗投诸中流

写尽伤心泪,随波流向东。

新愁谁可寄,短梦已成空。

呜咽滩前水,凄清渡口风。

重泉能到否,回首惜飞蓬。

【旧评】至堂云,老道完足,情深故语自到。

恭三云,一声《河满》⑨,江空月明。

---

① 绵州:今四川绵阳。
② 未:《国朝全蜀诗钞》作"不"。
③ 振:《国朝全蜀诗钞》作"掣"。
④ 凄凄:《国朝全蜀诗钞》作"渐渐"。
⑤ 摩:《国朝全蜀诗钞》作"连"。
⑥ 请:《国朝全蜀诗钞》作"教"。
⑦ 踏:《国朝全蜀诗钞》作"涉"。
⑧ 马:《国朝全蜀诗钞》作"人"。
⑨ 河满:唐诗人张祜《宫词》有"一声何满子,双泪落君前"句。何满子,唐舞曲,以歌者何满子而得名,"何"也写作"河"。

大风过梓潼县①

月向眉前堕,风从耳后生。
冻云飘有迹,骄马嚛无声。
县小衙临市,山荒树满城。
御寒宜痛饮,休作不平鸣。

七曲山②[一]

九曲江流七曲山,灵光一片落尘寰。
只应福地星常聚,岂道荒祠石更顽。[二]
戴斗天如临座上,培风我欲到云间。[三]
剧怜翠柏萧萧影,远送征人出剑关。[四]

【江注】[一] 有文昌祠。
　　　　[二] 祠前磐石,围可丈余。
　　　　[三] 是日大风。
　　　　[四] 沿途古柏最多。

【旧评】恭三云,映合处亦费匠心。
　　　　樾乔云,近体后四能振起自佳。

---

① 梓潼县:今隶四川绵阳。
② 七曲山:位于四川绵阳梓潼县剑门蜀道南端。

剑州①官道咏古柏[一]四首

【江注】[一] 自梓潼七曲山至剑阁外,二百余里,凡五千余株。

其 一

名材岂合老岩阿,耐尽炎凉不改柯。
荒驿旧停天宝②跸,夕阳分照武侯坡。[一]
枝高似觉关山隘,气足知由阅历多。
莫怪荆榛难附丽,干霄形势本嵯峨。

【江注】[一] 上亭驿即郎当驿,武侯坡在武连北。

其 二

层层黛影逼空浮,直过绵州接剑州。
山县有时疑作雨,邮程终古不知秋。
未成梁栋才先老,自敛菁华气更遒。
肯学灞桥③千树柳,绾人离别一春愁。

【旧评】至堂云,此首尤佳。

其 三

本是冰霜历炼身,年年何苦溷风尘。

---

① 剑州:主要为今四川广元剑阁县境。
② 天宝:唐玄宗李隆基的年号。
③ 灞桥:位于陕西西安城东灞水上。

荒寒似我仍中路,根柢如君更几人。

已见垂阴三百里,想应阅世八千春。

锦官城外①曾游处,佳气葱茏似比邻。

其 四

千寻阁道绕如环,处处勾留为解颜。

大庇行人真广厦,欲回春气到空山。

云连短堠长亭外,诗写荒青老翠间。

寄语劳劳尘海客,岁寒移此种当关。

【旧评】至堂云,数诗意理厚,边幅阔,可以压倒渔洋②。

恭三云,咏物诗有人在已难,此则有景在,更有理在,谁谓诗为余事。

剑门关

马蹄踏乱山,山山落叶响。忽拥千芙蓉,森然排空上。大暑剑门关,名胜非标榜。天光漏一分,石气坼③千丈。精铁铸严城,孤立竟无党。高势突铦锋④,飞云划为两。危若万弩攒,

---

① 锦官城外:唐诗人杜甫《蜀相》有"丞相祠堂何处寻,锦官城外柏森森"句。
② 渔洋:王士祯(1634—1711),原名王士禛,字子真、贻上,号阮亭,又号渔洋山人,新城(今山东桓台)人,顺治十五年(1658)进士,官至刑部尚书,谥文简。清初诗人,文学家,诗词理论家,创"神韵说"。
③ 坼:分裂,裂开。
④ 铦锋:刚锐的锋芒。

猿猱不敢仰。潺潺泉乳鸣，漠漠土花长。秦蜀道谁通，或者巨灵掌。区区五丁①力，安能辟奥壤。锁钥壮西南，雄楼何诛荡。天风吹我衣，豪情纵一往。我行万里余，兹游信奇赏。摩挲剑阁铭，此才安能仿。

【旧评】眉君云，"秦蜀"四语与鄙作剑门诗同，惟逊此道练。

至堂云，从"剑门"字极力剜刻，语语奇警，妙不伤巧，自是骨高。

恭三云，镌刻称题。

玉田云，使笔如剑。

登白卫岭②望云头山③[一]

峨峨云头山，势更出云表。一气连青冥，天光顿觉小。我从云中来，篮舆飞树杪。丘壑胸中填，尘埃眼前少。翘首望峰巅，飞观何缥缈。峻若浮屠悬，危如旌幢裊。疑是仙之人，一枕烟霞老。鸾笙岭外吹，鹤氅风前皎。又疑大泽龙，挐云舒牙爪。作势不得逞，余力犹强拗。剑门对双尖，各欲斗奇矫。登山力既疲，看山目亦掉。昔闻蜀道难，今觉故乡好。夜月与秋钟，依稀似天宝。[二]下马扶羌童，更向葭萌道。

【江注】[一] 白卫岭今名大木戍。

---

① 五丁：神话传说中的五丁力士，出自扬雄《蜀王本纪》。泛指力士。
② 白卫岭：位于四川广元昭化区。
③ 云头山：位于四川广元昭化区。

[二] 天宝十一载，明皇登白卫岭诗："夜月摩峰顶，秋钟彻海涯。"今有碑在岭上。

【旧评】 至堂云，此从"云①头"字摹写，与前篇又是一样笔墨，各臻其妙。

恭三云，善于形容，觉云气从笔端飞出。

樾乔云，二诗都似渔洋《蜀道集》②。

宿广元旧馆感怀

往事如烟总易销，三年涕泪洒山椒③。
那知一夜嘉陵道，又听寒江咽暮潮。

【旧评】 至堂云，妙在言外，唐人绝句争胜在此。

恭三云，昔人所谓羚羊挂角、香象渡河也。

玉田云，情深韵远，此为七绝正声。

樾乔云，二十八字不断，遂为断句绝唱。佩服！佩服！

---

① 云：《梦甦斋诗集》无此字。
② 渔洋《蜀道集》：康熙十一年（1672），王士禛典四川乡试，经秦楚栈道入蜀，顺三峡而返，历时一年有余，赋诗350余首，结成《蜀道集》。
③ 山椒：山顶，也有山鬼之说。从下文看，宜理解为山鬼。

嘉陵江①上杂咏四首

桔柏渡②

桑柘如荒村，十室自成邑。绕渡呼官船，使者来何急。易于不复生，居民渡前泣。

千佛岩③

一山聚千佛，坐对寒江流。流水本无情，日日送行舟。怪来诸佛子，含笑开双眸。

【旧评】恭三云，不落言诠，自然超妙。

眉君云，鄙作此题别有所托，此自高浑可贵。

飞仙阁④

岩断石孤撑，山横水无路。仙人何时来，空留白云住。高阁太岑寂，凌风欲飞去。

---

① 嘉陵江：发源于秦岭北麓，流经陕西、甘肃、四川，在重庆朝天门汇入长江，古亦称西汉水。
② 桔柏渡：位于四川广元元坝区昭化古城东门外。
③ 千佛岩：位于四川广元城北嘉陵江东岸。
④ 飞仙阁：位于四川广元朝天区飞仙关。

朝天关①

风声峡底号,日色关前冷。蜀天到此低,马蹄不敢骋。北去好朝天,衣上仙云影。

【旧评】至堂云,四诗均老,工部诸作后又有此,简足一境,可
与并传。

恭三云,四作均短古,胜概而浑厚,见于飘逸之中,具
征品贵。

眉君云,简雅。鄙作此题太觍缕②,小矣。

下龙门阁③

老龙入山山骨开,洞门豁谽光皑皑。迥若雄关辟锁钥,中含④万古青莓苔。禹功疏凿此不到,破空出险何神哉。南通嘉陵北汉沔⑤,急湍奔赴声如雷。伏流潜注二十里,下彻三泉穿云隈⑥。羌童匍匐不敢进,石燕惊飞风雨来。[一]峭壁截然大斧劈⑦,

---

① 朝天关:位于四川广元朝天区。
② 觍缕:详述。此处意为冗繁。
③ 龙门阁:位于四川广元朝天区朝天镇。
④ 含:《国朝全蜀诗钞》作"积"。
⑤ 汉沔:汉水,汉江。
⑥ 下彻三泉穿云隈:《国朝全蜀诗钞》作"插根直下三泉隈"。
⑦ 峭壁截然大斧劈:《国朝全蜀诗钞》作"崖崩势若巨斧劈"。

高峙百丈凌虚台①。何人拔宅置②绝顶,苍龙一角真③崔嵬。踏山④怕惊蛰龙起,大泽灵怪谁能⑤猜。神物屈伸固有数⑥,东山久卧苍生哀。会看金蛇击飞电⑦,一为天地祛尘霾。

【江注】[一] 水中多石燕,大如指,毛喙毕具。

【旧评】至堂云,起手老。又云,收得足。

恭三云,长吉⑧专从不可解处作奇语,人不能学。此却从可解处作奇语,人亦不能学。未知二者孰优。

樾乔云,奇气喷薄,集中长句之最胜者。

玉田云,无一曼声弱字,抱负故自不凡。

眉君云,起手如此,大于长吉,几于少陵。

宁羌⑨州题壁

万壑千峰里,漾洄一水明。
柳荒犹送客,山好不离城。

---

① 高峙百丈凌虚台:《国朝全蜀诗钞》作"凌虚晃耀金银台"。
② 置:《国朝全蜀诗钞》作"上"。
③ 真:《国朝全蜀诗钞》作"争"。
④ 山:《国朝全蜀诗钞》作"土"。
⑤ 谁能:《国朝全蜀诗钞》作"多难"。
⑥ 屈伸固有数:《国朝全蜀诗钞》作"显晦有时数"。
⑦ 金蛇击飞电:《国朝全蜀诗钞》作"出山作霖雨"。
⑧ 长吉:李贺(790—816),字长吉,福昌(今隶河南宜阳)昌谷乡人,祖籍陇西,唐中期浪漫主义诗人,有"诗鬼"之称。
⑨ 宁羌:今陕西汉中宁强县。

　　　　　　瘠土民风古①，丰年②物价平。
　　　　　　小楼转③清绝，终夜枕溪声。

【旧评】至堂云，三、四唐人。
　　　　樾乔云，似嘉州④。

汉　源

　　江水出岷山，汉水出嶓冢。万顷洪波有渊源，譬如六艺溯周孔。南来路入金牛峡，天光落井乱峰插。过客不敢举头看，崩崖压顶石巀嶪⑤。一水清泠湾复湾，七十二渡声潺湲。[一]马蹄激水水怒走，远势已欲吞襄樊。吁嗟兮，在山水清出山浊，此水流长应不恶。山下五里即平川，荡谷排山殊落落。一气直与沧溟通，莫指源头小杯勺。君不见，胯下犊子生来惯驰驱，昂然已称千里驹。

【江注】[一] 此地土人名"七十二道脚不干"。

【旧评】至堂云，"湾"字一韵接得飘逸，太白有此种，自是天才过人。

---

① 瘠土民风古：《国朝全蜀诗钞》作"土瘠民风厚"。《晚晴簃诗汇》（徐世昌编，闻石点校，中华书局1990年版）第一百四十二卷"江国霖"因之。不改。下同。
② 丰年：《国朝全蜀诗钞》作"年丰"。
③ 转：《国朝全蜀诗钞》作"剧"。
④ 嘉州：岑参（718？—769？），荆州江陵（今隶湖北）人，一说河南南阳人，唐代诗人，与高适并称"高岑"，曾任嘉州（今四川乐山）太守，故世称"岑嘉州"。长于七言歌行，边塞诗尤佳。
⑤ 巀嶪：高耸。

恭三云，变化神明于规矩之中，故每接皆断续离合，不可方物。

玉田云，如此作结，乃不单薄。

眉君云，太白接句最超妙，钝根人不能学。此诗"一水清泠"一接，庶几近之。

褒城道中即目三首

其 一

汉皋无雪漾晴风，天敞平原望眼空。
三日沿江送流水，不知身在万山中。

【旧评】恭三云，首末两首，竟可作小画。

其 二

五丁关下乱流清，云栈中分一水平。
到此奇山奇不去，拓开川路让船行。

其 三

斜阳一道影模糊，柳拥褒城好画图。
恰似锦江骑马路，澹烟乔木望成都。

【旧评】至堂云，风韵不减渔洋。

入北栈①二首

其 一

出险才三宿，看山又万重。
鸡头[一]初日晃②，马足乱云封。
石骨撑空健，苔纹③入画浓。
雄关兼细栈，回首认前踪。

【江注】[一] 关名。

其 二

飞腾褒谷水，日日怒生潮。
一径何纡折，群山欲动摇。
荒祠供白石，[一]古驿问青桥。
绝壁谁镌字，烟霞已半销。

【江注】[一] 鸡头关下有白石土神祠。

【旧评】恭三云，一气清空。

---

① 北栈：明清两代从汉中通往关中的栈道叫北栈，又叫秦栈。
② 晃：《国朝全蜀诗钞》作"射"。
③ 纹：《国朝全蜀诗钞》作"痕"。

马道①[一]三首

【江注】[一] 萧何追韩信至此。

其 一

相国追亡到此还，登坛壮士一开颜。
惜君未向前途去，烟树苍苍紫柏山。

【旧评】至堂云，深婉可诵。
眉君云，穆然意远。

其 二

呼吸风云大将才，功高岂料祸先胎。
至今呜咽褒中水，似怨王孙去又回。

其 三

吊古重寻水一涯，伊人何处问蒹葭。
忠君爱友俱无恨，千古惟闻鲍叔牙。

【旧评】恭三云，论古得间，比附尤妙。
眉君云，三章俱戛戛独造，首章气韵尤绝。

---

① 马道：地处陕西汉中留坝县南部。

过旧连理亭①三章

柴关下有连理亭旧址,余壬辰(1832)过此,尚存枯株。今阅十年,亭则重新,而枯株不可复见矣。额曰"连理重生",其信然耶?书之以志存亡之感云。

【旧评】玉田云,各章命意如此。

连理亭,关前路。昔人曾攀连理枝,今我来寻建亭处。朝为并蒂花,暮作相思树。惆怅连理亭,挥涕不能去。(一章)

连理亭,临溪水。水流一去几千里。对对彩鸳鸯,同戏绿波里。不见亭边旧时春,啼向枯株悲不已。此株一枯不再生,何苦辛勤种连理。(二章)

在地谁为连理枝,空亭寂寞多悲思。亭前依旧栽双树,争似当年连理时。当年连理何葱青,攒花如锦叶如屏。一朝紫玉化烟去,昏鸦叫月天冥冥。行人过此三叹息,下马一醉愁难醒。吁嗟兮,连理亭。(三章)

【旧评】至堂云,三诗情绪缠绵,而格致自老,自足逼真古乐府。
恭三云,借题抒写,绝无粘滞痕迹,斯为大家。
玉田云,是树?是人?缠绵凄恻,直是中唐人好乐府。
樾乔云,中有所触,节短音长,我读之亦为呜咽。

---

① 连理亭:位于陕西汉中留坝紫柏山。

登凤岭①绝顶南天门楼[一]

　　我生不识高天之高几万里,但闻此山去天尺有咫。我亦不知凤州山积几万重,但觉行人渺渺来空中。高天无路山能通,山势欲与天争雄。羲和②回驭不敢过,危楼突兀撑晴空。此楼或是神仙宅,谁凭云气窥窗栊。我来登楼独远眺,振衣直排阊阖③风。不知人世在何许,大呼云将驱鸿蒙。秦陇苍烟指数点,似岭非岭峰非峰。草枯木落气清旷,斜阳欲堕千岩红。丹凤西飞何时返,旧巢徒令霜雪封。[二]众山相随欲飞去,参差羽翮摩苍穹。惊飙回薄林谷响,犹疑天际鸣邕邕④。楼前石磴势崭绝,开辟草昧谁之功。胶侯尚书大神力,[三]挥五力士犹儿童。此道一开六百里,长安北走南羌庸。万人奔驰少停轨,摩挲碑版敲青铜。不然陈仓古道本捷径,何以三千余载无人踪。[四]登天始信天路阔,足下白云生蓬蓬。西南形胜颇奇宕,底须侈谈恒华嵩⑤。

　　【江注】[一] 楼上有"去天尺五"四字。
　　　　　　[二] 山上有石穴,俗名凤凰窠。

---

① 凤岭:位于陕西凤县东南20公里。
② 羲和:神话传说中驾驭日车之神。
③ 阊阖:神话传说中的天门。
④ 邕邕:群鸟和鸣声。
⑤ 恒华嵩:恒山、华山、嵩山。

[三] 楼下有贾胶侯尚书①煅②石成路碑，事在康熙初年。

[四] 陈仓道在南星③西南，由此可至沔县④。

【旧评】 至堂云，极恣厉又极飘逸，太白、东坡合为一手。

恭三云，游心骇目，不见町畦⑤。

樾乔云，盘空横绝，气象万千。

晚过长桥

落日长桥路，人烟满戍楼。

一溪全漱石，万柳不禁秋。

岭曲关云聚，崖倾栈马愁。

莫询途远近⑥，风物已秦州。

【旧评】 恭三云，五、六少陵好句。

玉田云，三、四风韵。

---

① 贾胶侯尚书：贾汉复（1605—1677），字胶侯，号静庵，山西曲沃（今隶临汾）人，明末归清，历官河南巡抚、云骑尉加兵部尚书衔，总制川陕，加太子太保。
② 煅：《梦甦斋诗集》作"煆"，误。
③ 南星：南星镇，地处陕西宝鸡凤县西南部，境内有陈仓古道，现已与三岔镇、温江寺乡合并为留凤关镇。
④ 沔县：今陕西汉中所辖勉县，清称沔县。
⑤ 町畦：本指田界。喻为界域与约束。
⑥ 远近：《梦甦斋诗集》作"近远"。

大散关①[一]

秦关一百二,此地竟孤悬。
截涧疑无路,穿云忽上天。
远吞斜谷水,高带益门②烟。
送尽奇山去,乡愁更黯然。

【江注】[一] 至此将出栈矣。

【旧评】樾乔云,四十字如不著纸。

玉田云,三、四善状难名之景。

眉君云,神到之笔。

益门出栈宿宝鸡县二首

其 一

风雪前途眼漫开,栈云别我意徘徊。
回头尚有千峰送,绝顶曾经匹马来。
旅枕错揽新旧梦,岩疆怅望古今才。
填胸丘壑消难尽,付与当筵酒一杯。

---

① 大散关:位于陕西宝鸡南郊秦岭北麓,自古为"川陕咽喉"。
② 益门:益门堡,位于陕西宝鸡渭滨区神龙镇。

其 二

十年来往据征鞍,壮志浑忘蜀道难。
破碎峰峦收笔底,淋漓诗草散云端。
惊尘此去随千里,归梦何时过七盘。
明日碧鸡催晓色,逢人先话古长安。

【旧评】恭三云,三、四亦未经人道过。

底 店①

浩浩尘沙积,川原望入秦。
人家攒土穴,风气竞车邻。
出险心逾定,寻诗境不新。
无情汧渭②水,宛转送双轮。

【旧评】眉君云,老笔。

---

① 底店:位于陕西宝鸡陈仓区千河镇。
② 汧渭:汧水、渭水。

马嵬[①]吊杨太真[②]墓，和云兰舫麟太守题壁原韵四首

其 一

延秋门[③]启路飞灰，仓猝曾无御变才。
掩面拚教双泪尽，牵衣忍见六军催。
殿中鹦鹉惊烽火，池畔芙蓉葬草莱。
寂寞巴山秋雨夜，杨花[④]不逐李花[⑤]回。

【旧评】 恭三云，借用语妙。

其 二

鸾凤惊飞顿失群，玉环何事负将军。
不闻龙武[⑥]生擒虏，剩有蛾眉死报君。
山下鬼怜三尺组[⑦]，海中仙隔万里云。
愁看地老天荒后，步辇凄凄过此坟。

【旧评】 至堂云，前人马嵬诗甚多，难得如此老重深稳。

[①] 马嵬：马嵬驿，别名马嵬坡，位于陕西咸阳兴平市西10公里。
[②] 杨太真：杨玉环（719—756），号太真、杨玉、玉奴，蒲州永乐（今山西永济）人，齐国公杨玄琰之女，唐玄宗李隆基册封为贵妃。
[③] 延秋门：唐长安禁苑西门。天宝十四载（755）冬，安禄山叛乱。次年六月，唐玄宗由此门逃蜀避难。
[④] 杨花：柳絮，暗指杨贵妃。杨，《梦甦斋诗集》作"扬"，误。
[⑤] 李花：李子树的花，暗指唐玄宗李隆基。
[⑥] 龙武：陈玄礼（？—760），籍贯不详，官至龙武大将军，曾请诛杨国忠并杨贵妃。
[⑦] 组：丝带。

其　三

今生已自误他生，从此生天念亦轻。
荔子香浓难续命，棠梨树老本无情。
谁呼野鹿来深苑，莫指牵牛证夙盟。
南内①不招魂魄返，经年争怪梦难成。

其　四

行人莫更想云裳，神曲听来已断肠。[一]
天上只留钿合寄，冢头犹带粉痕香。[二]
金钱遗秽传应误，罗袜重寻恨转长。
几见古今连理树，花花叶叶永相当。

【江注】［一］明皇在骆谷望秦川，吹笛成曲，名《谪仙怨》。后西川传为《剑南神曲》，其声哀切，诸曲莫比。

［二］贵妃坟上白土可作粉。

【旧评】恭三云，四首工丽称题，立言尤有体，可推绝唱。又云，运用无不入妙。他人同此议论，无此炉锤。

过马嵬驿旧馆感怀

过眼年华逐水流，伤心不忍望延秋。

---

① 南内：唐玄宗改旧宅造兴庆宫，称"南内"。后其从成都返回长安，寂居于此。

　　　　秦云尚想衣裳影,蜀道那禁风雨愁。

　　　　此日精魂悲独住,他生福慧要双修。

　　　　玉颜入梦浑无准,岂止三郎①怨白头。

【旧评】至堂云,情味自足,与《连理亭》诗同一感慨。

　　　　恭三云,凄绝。

　　　　眉君云,手挥目送,深挚异常。

自检北游诗钞录成帙,作书寄李羹堂作梅、马毅斋大任②[一]

　　　　匹马长吟气自孤,随身惜少爱才奴。

　　　　故人诗癖都如我,寄与空山作画图。

【江注】[一] 皆竹邑诸生。

十六日发西安,舆夫八人③辞余回里,慨然有作

　　　　来往三川更入秦,年年相伴苦吟身。

　　　　此生未觉驰驱倦,久客看同骨肉真④。

　　　　尔尚多情怜故主,我难将泪寄家人。

　　　　无端又动离乡感,愁绝车前十丈尘。

---

① 三郎:唐玄宗为唐睿宗李旦第三子,故称。
② 马毅斋大任:马大任,字毅斋,与李作梅同时而为所钦重,有《听松轩诗草》。
③ 八人:《国朝全蜀诗钞》无此二字。
④ 真:《国朝全蜀诗钞》作"亲"。

【旧评】至堂云，四句与"孤客亲僮仆"同一语妙。
樾乔云，不著一字，却是历劫不磨之语。
恭三云，不亚船山一作。

晚过灞桥

马头风起暮萧萧，灞岸诗情渐寂寥。
莫折杨柳频送远，经霜万树不成条。

【旧评】至堂云，深婉。
恭三云，翻得新。
玉田云，不落宋派。

夜抵赤水①

渭北无情树，攀车觉太繁。
月生双华顶，烟锁五陵②原。
漫水沙全涨，残灯市尚喧。
知投何处宿，辗转讯南辕③。

【旧评】玉田云，三、四气味殊厚。

---

① 赤水：位于陕西渭南华州区。
② 五陵：汉代五个皇帝的陵墓，位于陕西咸阳北部，西起兴平，东到高陵，北接泾阳，南达渭河。
③ 南辕：南辕北辙，出自《战国策·魏策四》，比喻行动和途径正好相反。此处为迷途之意。

华阴①道中

云开华顶日初斜,车小翻愁望眼遮。
安得横骑驴背上,沿山三面看莲花②。

【旧评】至堂云,妙绝,可写入图画。
恭三云,奇想妙句。

盘豆驿③店壁新洁可爱为题一绝

湘竹垂帘绿映门,斩新墙壁射朝暾。
雪中泥暖无人见,印我飞鸿第一痕。

兵车行灵宝④道中作

兵车辚辚飞向西,函关千里无鸣鸡。里胥下乡捉车马,沿村妇孺皆惊啼。家家促驾牛车走,疲骡蹇驴相先后。屯向郭门听传呼,不闻人声但招手。红旌孑孑⑤遮道来,云是摸金校尉⑥

---

① 华阴:今隶陕西渭南。
② 莲花:华山西峰,又名莲花峰。
③ 盘豆驿:位于河南三门峡灵宝故县。
④ 灵宝:今隶河南三门峡。
⑤ 孑孑:倏忽,突然。
⑥ 摸金校尉:古代军职,后为盗墓者别称。此处指掠夺财物的军官。

铙歌回。千轮万蹄杂沓至,北风卷地飞黄埃。前车甫停后车驾,解鞍换辔纷相催。指麾客车急回避,市人缩首门不开。客车欲避苦无路,道旁惊窜如脱兔。材官作色健儿诃①,横眉广颡何其怒。尔怒亦何为,尔岂不闻古来黄巷②多险巇。费尽隋家划削力,终难方轨并进相驱驰。况今邮传本无滞,大酒肥羊恣吞噬。那容饱腾③无事归,鞭笞农商作奴隶。侧闻东南火轮船,飞扬海上凌风烟。何不奋臂一呼贾余勇,扫清吴越天外天。胡为乎归向行人空叱咤,马僵车仆走昏夜。使我相逢狭路间,苍黄无处觅客舍。

【旧评】至堂云,前写捉车之苦,中写避车之难,后又拓出一波。大声发于水上,淋漓悚快,弥足弥厚。又云,此等诗,前可追踪老杜,后可压倒空同,真杰作也。

恭三云,格律似杜而非拟杜,代不数人,人不数首,当推此种。

樾乔云,杜集中题,遂觉诗也神似。

晚过张茅④,遂宿庙沟

莽莽戎车结队行⑤,萧萧落日尚孤征。

---

① 诃:通"呵",呵斥,怒责。
② 黄巷:黄巷坂,处陕西潼关城东,南依高原,北邻绝涧,中通一径,形成孤道,车不能并行。
③ 饱腾:形容军需充足,士气高。此处含讽意。
④ 张茅:位于河南三门峡陕州区。
⑤ 戎车结队行:《国朝全蜀诗钞》作"兵车接轸行"。

饥鹰刷羽霜风健,快马扬①蹄雪路平。
壁上人家耕虢②土,村边儿女带秦声。
崤山③更比茅山④险,愁绝明朝第一程。

【旧评】 至堂云,唐人律格。

大风早过崤陵

大声卷林谷,苍莽来无际。艰哉南北陵,风雨猝难避。岁暮飞廉⑤骄,一怒不可制。我从峡石来,懔懔迎朔气。晓色尚朦胧,雪花忽粉碎。万马喑不鸣,但闻铃语细。驼载间牛车,轮蹄以千计。并萃此山阿,尺寸争进退。一车愁簸扬,百指共扶曳。险如舟下滩,危防马纵辔。残梦续难成,心旌摇欲坠。安得驾云车,翩翩举双袂。

【旧评】 至堂云,状出行路艰险,语语警快,而骨韵自高。

恭三云,起手有万木无声待雨来气象。

玉田云,起十字抵得一篇风赋。

---

① 扬:《国朝全蜀诗钞》作"翻"。
② 虢:周代诸侯国名,在今陕西、河南一带。
③ 崤山:又称嵚崟山、肴山,位于河南三门峡洛宁西北。
④ 茅山:位于河南三门峡。
⑤ 飞廉:风神。

由新安①至滋涧②投宿差早，喜而成咏

策马平原晚带风，孤城回首去匆匆。
乱山不出函关外，[一]斜照犹横涧水东。
鸦点凄迷千树黑，酒家摇荡一帘红。
题诗未敢称狂客，自古名流萃洛中。

【江注】[一] 汉以新安为函谷关。

【旧评】恭三云，又似许丁卯③。

雪中过洛阳，傍晚失道，三更方抵铁谢④二首

其 一

万户炊烟断，冲寒有敝车。
谁将天上雪，散作洛阳花。
谷转风声聚，衣单酒力加。
一枝犹可借，安稳是栖鸦。

---

① 新安：今隶河南洛阳。
② 滋涧：今河南洛阳新安县磁涧镇。
③ 许丁卯：许浑（约791—约858），字用晦，一作仲晦，润州丹阳（今隶江苏）人，唐朝诗人，居所在江苏丹阳丁卯桥旁丁卯庄，有《丁卯集》。
④ 铁谢：位于河南洛阳孟津区。

其 二

面目怜苏季①,貂裘气不春。
竟无东道主,已断北邙②尘。
夜火寻村市,盘飧愧路人。
停车聊买醉,休惜客囊贫。

【旧评】恭三云,二作温厚和平,绝无失路牢骚之习。

大雪初晴,顺风渡孟津

天光帆影镜相磨,满地空明水不波。
下马喜如趋玉署③,浮槎疑已到银河。
风来少室④寒声骤,日晃平沙霁色多。
两岸人家都闭户,有谁同和郢中歌⑤。

【旧评】恭三云,高华典瞻,自是金华殿中人语。

---

① 苏季:苏秦(?—前284),己姓,苏氏,名秦,字季子,东周洛阳(今河南洛阳东)人,战国时期纵横家。
② 北邙:又名邙山,横卧于河南洛阳北侧,为崤山支脉。
③ 玉署:玉宫,仙境。
④ 少室:少室山,位于河南登封西北。
⑤ 郢中歌:《阳春白雪》和《下里巴人》,出自《对楚王问》。此处侧重《下里巴人》,作者本属巴人,自谦之谓。郢中,郢都,借指古楚地。

怀庆①道中咏积雪，效欧阳公禁体②两首③

其 一

太行王屋④有无中，冻色连宵积未融。

扫径渐开酤酒市，荷蓑犹少钓鱼翁⑤。

数竿⑥水竹枝全亚，千里尘沙气一空。

如此荒寒人迹断⑦，谁寻指爪认⑧飞鸿。

【旧评】至堂云，"千里"七字，咏雪绝唱。

玉田云，禁体诗谁能有此大力?!

其 二

低堙高桥糁欲平，劲风吹过马蹄轻。

不因著雨泥偏滑，每到临溪水更清。

湿苇一丛何冷淡，栖鸦数点太分明。

---

① 怀庆：古地名，明代设怀庆府，治河内县（今河南沁阳），辖六县，清代辖八县，范围大致相当于今河南焦作、济源和新乡的原阳县。
② 禁体：禁体诗，一种遵守特定禁例写作的诗，不得运用诗歌中常见的名状体物字眼，意在难中出奇。
③ 按：《国朝全蜀诗钞》选其一，题作"怀庆道中咏雪用禁体"。
④ 太行王屋：太行山、王屋山，出自《列子·汤问》。
⑤ 荷蓑犹少钓鱼翁：《国朝全蜀诗钞》作"披蓑尚少钓鱼翁"。
⑥ 竿：《国朝全蜀诗钞》作"湾"。
⑦ 如此荒寒人迹断：《国朝全蜀诗钞》作"一派荒寒少人迹"。
⑧ 认：《国朝全蜀诗钞》作"问"。

中原日暮关山远,画出苍烟缕缕横。

【旧评】 至堂云,三、四本色语,自然入妙。

恭三云,纯任自然,白描神手。

清化镇①

泠泠一渠水,依依千亩竹。北地苦荒寒,兹何清且缛②。细径穿幽篁,中有白茅屋。斜阳不到门,枝柯交碧玉。野市桥互通,疏篱苇成簇。仿佛过成都,百花潭③北宿。

【旧评】 至堂云,格老趣足,五古高境。

樾乔云,写得清景逼真,令人神往。

修武县④早行

寒月堕烟空,林端惊宿鸟。

不知雪地晴,疑是霜天晓。

【旧评】 玉田云,写景妙。

---

① 清化镇:位于河南焦作博爱县。
② 缛:繁多,繁盛。
③ 百花潭:浣花溪别名,位于成都城西,北有杜甫草堂。
④ 修武县:今隶河南焦作。

卫辉客夜苦寒作

积雪明墙角,阴云气不开。
卷帘寒入袂,呼酒冻盈杯。
老马瘏如此,荒邮数又来。
柝声残夜急,细细拨炉灰。

淇县①怀古

淇梁来讯钓鱼竿,从古诗人例最宽。
菉竹②自知怀卫武③,木瓜④且欲报齐桓⑤。
欢愉事少言情易,比兴辞多索解难。
莫为新台遗垢在,全篇都作郑风⑥看。

【旧评】恭三云,颈联甘苦自喻。

---

① 淇县:今隶河南鹤壁,古称朝歌。
② 菉竹:荩草的别名。
③ 卫武:卫武公,春秋卫国第十一位国君。
④ 木瓜:指《诗经·卫风·木瓜》。
⑤ 齐桓:齐桓公,春秋齐国第十六位国君。
⑥ 郑风:《诗经·国风》中先秦郑地民歌,多为情诗。

邺中①吊魏武②

莫寻漳水问高台,砚瓦零星绝可哀。
世乱金仙③犹泪尽,夜深铜雀④岂归来。
儿曹竟破三分局,将略终输万乘才。[一]
斗酒只鸡何处奠,墓田西望尽寒灰。

【江注】[一]唐太宗《祭魏武》文云:一将之智有余,万乘⑤之才不足。

【旧评】至堂云,三、四亦道亦婉。
恭三云,后半议论沉着。

早渡漳河,迟明抵磁州⑥

水落漳河岸,燕南第一程。
霜郊迷曙色,石濑泻寒声。
去马铃相和,遥村火独明。
关城犹未启,小驻惜残更。

---

① 邺中:三国魏都城邺,故址在今河北临漳西南邺镇东。后多以"邺中"指代曹魏。
② 魏武:曹操曾为魏王。曹丕称帝后,追尊其为魏武帝。
③ 金仙:汉武帝铸有铜人承露盘。汉亡后,景初元年(206),魏明帝将承露盘迁走。后以金人泪喻改换朝代。
④ 铜雀:铜雀台,位于河北临漳境内。
⑤ 万乘:《梦甦斋诗集》作"乘万",误。
⑥ 磁州:磁县,今隶河北邯郸。

邯郸早发过卢生①祠

　　当关传唤促宵征，金柝声高堠火明。
　　如此严寒中夜里，几人稳睡似卢生。

【旧评】恭三云，不著议论，自在言外。
　　　　眉君云，高妙。

沙河县②

　　县小不成市，寥寥见酒旗。
　　积沙平古堞，丛棘隐荒祠。
　　野旷斜阳散，风多独树危。
　　眼前无好景，觅句那能奇。

【旧评】恭三云，非亲到其地，不知此诗之妙。
　　　　玉田云，中唐人语。

晓行大霜抵赵州桥③

　　寒淞挂千树，树树梅花开。欲折不盈把，朝阳倏已来。远游

---

① 卢生：唐代文学家沈既济《枕中记》中梦醒黄粱的人。
② 沙河县：沙河市，今隶河北邢台。
③ 赵州桥：又称安济桥，在河北石家庄赵县城南洨河上。

倦车马,大道多尘埃。且就桥头驻,到门呼酒杯。

【旧评】玉田云,古意。

伏城驿①对月

寒星动帘幌,夜气澄太清。踟蹰步檐隙,仰见孤月生。素娥②苦耐冷,皎皎霜中明。流光杳无际,万瓦同晶莹。遥想此时月,应照蜀山青。山下有茅屋,寥落两三楹。白发倚门望,慨然思远征。念我衣裘薄,中夜泪常倾。弄孙或强笑,顾影难为情。团坐并妻孥,屈指计征程。娇女学刺绣,嬉戏对残檠③。岂知远游者,万感日回萦。抚心念菽水,侧足望瑶京。有生三十年,苦为尘网撄④。自我辞家后,蟾魄两回盈。衣绽手中线,迹随波上萍。悠悠天地间,何物是浮名。

【旧评】至堂云,起势清迥,以下逐步写来,情趣双足。

恭三云,即"月是故乡明"⑤意,翻出"每逢佳节倍思亲"⑥,两意深情如揭。

---

① 伏城驿:在今河北正定新城镇。
② 素娥:嫦娥别称,代指月。
③ 檠:烛台,借指灯。
④ 撄:纠缠,扰乱。《梦甦斋诗集》作"樱",误。
⑤ 月是故乡明:唐杜甫诗《月夜忆舍弟》中句。
⑥ 每逢佳节倍思亲:唐王维诗《九月九日忆山东兄弟》中句。

清风店①

重衾冷透五更长,满树鸦飞夜有霜。
如此清风明月路,几家闺梦到渔阳。

【旧评】恭三云,淡淡拍合。

---

① 清风店:位于河北保定定州。

卷五　江湖泛槎草[1]

甲辰（1844）典试江南，八月二日由浦口[2]渡江作

浦口烟开晓色晴，好风吹送片帆轻。
六朝山色秋来澹，八月江波海样平。
城郭尚余龙虎气，文章欲振凤鸾声。
拜飏[3]时节澄清景，坐看蟾辉[4]万里明。

【旧评】恭三云，清壮之响。

---

[1] 按：江国霖自选道光二十四年甲辰（1844）10 月至道光二十八年戊申（1848）4 月诗作 54 首，编为《梦甦斋诗钞》第五卷，名《江湖泛槎草》。
[2] 浦口：今隶江苏南京。
[3] 拜飏：拜舞，古代朝拜礼节。
[4] 蟾辉：月光。

闱①中呈主试少司空徐惺庵先生士芬②二首

其 一

桂林秋信忆乘槎,[一]宠命南来又拜嘉。
彩笔云端惭赋日,[二]瑶台仙侣傍飞霞。[三]
文澜欲接秦淮涨,[四]风韵应存王谢家。
二水三山好吟啸,紫裘今孰擅才华。

【江注】[一] 己亥(1839)典试粤西。

[二] 夏初散馆,蒙恩③拔取第一。

[三] 初入省垣,驻朝天道观④之飞霞阁。

[四] 秦淮新涨,灌入贡院。

其 二

侍郎讲学殿东头,[一]玉尺分明金鉴秋。
偶合群贤趋白下⑤,如偕学士到瀛洲。[二]
满城桃李春犹艳,[三]万户琼瑶月待修。

---

① 闱:此处指秋闱,即乡试。
② 徐惺庵先生士芬:徐士芬(1791—1848),字诵清,号辛庵,一号惺菶,浙江平湖(今隶嘉兴)人,嘉庆二十四年(1819)进士,官至工部右侍郎,兼管钱法堂事务,有《漱芳阁集》《辛庵馆课诗钞》等。
③ 蒙恩:《梦甦斋诗集》脱此二字。
④ 朝天道观:朝天宫,位于江苏南京秦淮区水西门内。
⑤ 白下:江苏南京的别称。

夜半魁台星彩耀，金陵古亦帝王州。

【江注】［一］惺庵先生久直上书房。

［二］南闱分校十八房，与北闱同。

［三］惺庵先生今春主试礼闱。

【旧评】恭三云，明秀而以庄警出之，可云称题。

樾乔云，结尤壮丽。

送恽潜生光宸①同年出守岳州②二首

其 一

万顷湖波撼岳州，我曾高咏上楼头。

不愁前路无舟楫，先向斯民问乐忧。

豪气漫吞云梦泽，清风应载洞庭秋。

政闲试骋登临兴，更为骚人赋远游。

【旧评】至堂云，立言得体，古谊殷然。

其 二

腊雪才消柳未舒，春明回首意何如。

湘兰采后当纫佩，衡雁归时好寄书。

经济酬知君自裕，文章报国我犹疏。

---

① 恽潜生光宸：恽光宸（？—1860），初名尔谦，字潜生，又字薇叔，号养拙斋，江苏阳湖（今隶常州）人，道光十八年（1838）进士，官至江西巡抚。

② 岳州：湖南岳阳。

江湖魏阙情无限,珍重登车揽辔初。

【旧评】 恭三云,送别诗推香苏集①擅长,有此风华,无此沉挚。

题曾琴川《叱耕图》

春田泼泼②春水明,上有柳丝千条萦。曳杖偶然踏春至,柳外微闻驱犊声。琴川先生古达者,中年颇识闲居情。不控金勒五陵去,不驾云车三山行。无怀葛天③世未远,老农老圃吾犹能。东风夜过阖闾④城,蘼芜缘径千山青。中有薄田数十亩,当作破砚年年耕。奴牵黄犊儿播种,安知何物为浮名。览君此图三叹息,人生那得心太平。官租早纳雨又足,新绿到眼秧满汀。恍然坐我稻垄下,耳中隐隐桑鸠鸣。故园春好不归去,黄尘十丈空营营。他年买田近阳羡⑤,一往从之披柴荆。

【旧评】 至堂云,"能"字韵下,接法动宕入古。又云,后半摹写尽致,令人神远。

恭三云,写到十分圆足,实是从图上著笔,老杜秘诀。

眉君云,"东风夜过"一笔似太白。

---

① 香苏集:吴嵩梁(1766—1834),字子山,号兰雪,东乡(今隶江西抚州)人,嘉庆五年(1800)举人,官黔西知州,有《香苏山馆诗钞》《香苏山馆文集》等。时誉"江南才子",诗名远播海外。
② 泼泼:旺盛貌。
③ 无怀葛天:无怀氏和葛天氏,传说中的远古帝名。后用以指上古淳朴之世。
④ 阖闾:春秋时吴国都城,遗址包括大城和小城,大部位于江苏常州。
⑤ 阳羡:今江苏常州宜兴。

赵节母诗[一]

幼从父,嫁从夫,古人有言良不诬,天乎孺人独何辜?股上瘢,心头肉,静夜祷天不敢哭,事夫如父以身赎。眼中血,怀中儿,夫亡此儿将谁依?吁嗟孺人儿之师。荧荧清夜灯,轧轧寒机丝。此丝不可断,寸肠缭绕之。儿今成名母心慰,九原可作当有知。清浅邗沟①水,皎洁扬州月。绰楔②巍巍峙半空,石可烂兮名不灭。我题此诗笔屈铁,诗成一灯澹如雪。

【江注】[一]江都人。

【旧评】至堂云,通体深老,结更有姿。

恭三云,似古乐府。

题宋陈康伯③书诸氏族谱序卷子

江表有王谢,关中称杜韦。古人重门阀,簪冕相光辉。中正厘九品,高第薄寒微。遐哉诸稽郢,抵掌说夫差。蕃衍及东京,洛阳花重开。矫矫朔方帅,名与天山齐。百九十三姓,右族尊同侪。后岂无达人?兵燹空劫灰。幸有少保笔,故牒犹可

---

① 邗沟:邗水,联系长江和淮河的古运河,在江苏境内。
② 绰楔:亦作"绰削",古时树于正门两旁,用以表彰孝义的木柱或木牌。
③ 宋陈康伯:陈康伯(1097—1165),字长卿,一字安侯,信州弋阳(今隶江西上饶)人,宋徽宗宣和三年(1121)进士,主抗金,官至尚书左仆射同平章事兼枢密使,封鲁国公,谥文恭,后改谥文正,有《陈文正公文集》。

稽。上溯春秋末，下暨盛唐时。竟探醴泉源，朗朗较列眉。语质意良厚，重致敦勉词。德言期不朽，世禄非所希。隆兴春三月，再拜简端题。缀以福国印，的的鲜红泥。自历金元后，六百载于斯。图书既委散，碑版亦凌夷。此本谁呵护？纸墨若新揩。仍世多隐德，鬼神想凭之。宝此盈尺卷，如陈祖德诗。五世卜其昌，锵锵凤凰飞。

【旧评】眉君云，朴质宏阔。

恭和华阳相国大拜纪恩诗原韵

卅①年扬历②侍天颜，辇下欢传凤诏颁。
黄阁风仪高北斗，苍生霖雨望东山。
两朝荣遇恩无负，一德交孚事克艰。
巴蜀古来多将相，又添佳话遍江关。[一]

【江注】[一] 常璩《华阳国志》云：巴有将，蜀有相。

【旧评】至堂云，浑重称题。

恭三云，不俭不滥。

---

① 卅：四十。
② 扬历：仕宦经历。

题于彝香鼎培①《观奕②图》[一]二首③

【江注】 [一] 图中两道人对弈，一人旁观，容貌如一，皆彝香自写照也。

其 一

卸却朝衫兴有余，年来渐已悟盈虚。
一炉香篆浮空尽，半局残棋打劫初。
往事漫怜④翁失马，此时安见子非鱼。
纷纷黑白争何补，过眼浮云自卷舒。

【旧评】 至堂云，五、六妙悟巧句。

其 二

现身重为证前身，个里谁知幻与真。
偶向旁观参一著，何妨对影作三人。
故人晤对知真面，今我分明又转轮。
樵子不归天欲暝，烂柯山外莽风尘。

---

① 于彝香鼎培：于鼎培，营山（今隶四川南充）人，嘉庆十八年（1813）举人，曾官浙江温州知府，迁员外郎。
② 奕：通"弈"。
③ 题于彝香鼎培《观奕图》二首：《国朝全蜀诗钞》选其一，题作"题于彝香鼎培太守观弈图"。
④ 怜：《国朝全蜀诗钞》作"论"。

【旧评】至堂云，三、四曲尽题事，妙于语言。

恭三云，巧思妙笔，七窍玲珑，如李笠翁①辈，大有仙凡之别。

送段果山大章同年出守秦中

征雁鸣朔风，黄叶下庭树。迢迢古长安，看君五马去。清时重民牧，简才先玉署。百七十人中，几人荷知遇。[一]除书②降明光，同朝惊异数。以此眷注③隆，知君远猷裕。更欲竭愚衷，聊陈一得助。秦川称陆海，其人富而庶。地雄物力饶，土厚民风固。上官无烦征，闾阎鲜逋赋。交游敦谅直，衣食尚淳素。因其淳素俗，导以农桑务。因其直谅心，饫以诗书趣。岂无强悍民，民愚非难驭。领郡在提纲，琐屑无远虑。山川识险夷，人情区好恶。物土辨其宜，旧章剔其蠹。了了心胸间，次第立程度。爱民先爱士，士欢民胥附。察奸先察吏，吏肃奸乃著。威重勿骤施，积威人斯怒。弊小勿轻除，弊亦养人故。令丞簿尉俦，家人相戒谕。功期指臂收，谊直腹心布。本此宏远谟，封圻才可豫。秦栈通蜀云，是君旧游处。咫尺望乡关，板舆欣重御。卓笔莲花峰，饮马灞陵渡。览古发豪吟，定多惊人句。

---

① 李笠翁：李渔（1610？—1680），原名仙侣，字笠鸿，后字笠翁，一字谪凡，兰溪（今隶浙江金华）人，明庠生，小说戏曲家，有《李笠翁全集》《李渔文选》等。
② 除书：拜官授职的文书。
③ 眷注：垂爱，关注。

我亦久风尘,几载青门路。旧题满关中,雪鸿随去住。君去觅我题,幸借纱笼护。即此慰相思,胜共花砖步。行矣其勉旃①,尔民怨来暮。

【江注】［一］今年翰詹召对,凡百七十余人。

【旧评】 至堂云,循吏本领,能吏作用,不出中段数语。"弊亦养人故"五字,尤有达识。

恭三云,韵语官箴。凡所言皆于后守惠时行之,非空谈也。又云,后路无此余波,不成诗体,所谓正而葩也。

樾乔云,和平之响,绵密之思,精到之识,真挚之情,此为最有关系之作。我辈立言,自应如此。今则坐而言者,起而行,宜其所至民安、所去民思也。

眉君云,思笔不必言,难得如此曲畅,此谓力量。

题张晓瞻日晸②方伯《太夫人篝灯③课子图》

孤桐溜雨檐飞霜,短檠摇摇烟穗黄。老屋半闲杂榛莽,但闻绕壁啼寒螀④。晓瞻方伯昔未遇,学书画荻如欧阳⑤。贫家破砚耕不得,夜无薪烛朝无粮。太夫人乃捧书泣,一编夜课开虚廊。

---

① 勉旃:努力,多于劝勉时用之。
② 张晓瞻日晸:张日晸(1791—1850),初名日暄,字东升,号晓瞻,清镇(今隶贵州贵阳)人,嘉庆二十二年(1817)进士,官至云南巡抚,有《庶常集》《编修集》。
③ 篝灯:置灯于笼中。
④ 寒螀:即寒蝉,蝉的一种。
⑤ 画荻如欧阳:欧阳修母画荻教子事,出自《宋史·欧阳修传》。

手挑灯炷不盈寸，女陈机杼儿缥缃①。拳拳先人书，授儿心徬徨。可怜烛短秋宵长，但盼春风吹过墙。墙内梨盈把、杏成行，开花落实倾盈筐。[一]人道实落供儿取，我愿鬻钱为儿换灯光。买得灯光照儿读，何如摘果充儿肠。二月新丝五月谷，剜肉聊医眼前创②。果然才大必有用，一朝声动清秘堂③。出为天子守土吏，推母之慈慈戎羌④。蜀江朝拥板舆过，春晖遍煦天南乡。君不见，戎叙⑤城南飨堂启，至今人进千秋觞。[二]群嫠跂跂⑥拜且舞，祝母寿如贞松强。高烧桦烛烂如锦，丝竹之声宵未央。回忆篝灯课子夜，一灯今昔殊炎凉。方伯写是图，写出灯影何荧煌。一片灵光自千古，陈编照眼皆琳琅。愿持此图传青箱⑦，裹以莱彩⑧缄芝房⑨。灯花夜夜发光芒，留照万点黔山苍。

【江注】[一] 太夫人居贫时，宅后惟梨、杏二株，花时预鬻⑩其果，以助灯火之费。

[二] 方伯守叙州时，奉太夫人命，建励节堂，以恤孤寡。郡人因于其中奉太夫人长生位，遇诞日，演剧称祝。辛丑

---

① 缥缃：代指书卷。缥，淡青色。缃，浅黄色。古时常用淡青、浅黄色丝帛做书囊书衣。
② 创：伤口。
③ 清秘堂：翰林院。
④ 戎羌：戎、羌之地，泛指川南、川西等地。
⑤ 戎叙：戎州、叙州，均指川南宜宾。
⑥ 跂跂：虫爬行貌。此处指恭谨匍匐。
⑦ 青箱：古代收藏书籍等的箱笼、箱匣。
⑧ 莱彩：莱衣。相传春秋时楚国老莱子侍奉双亲至孝，行年七十，犹着五彩衣，为婴儿戏。后以着莱衣表示对双亲的孝养。
⑨ 芝房：犹芝室、芝兰室，贤士之所居，亦指助人从善的环境。出自《孔子家语·六本》。
⑩ 鬻：卖。

(1841),太夫人自成都赴豫,舟过其地,诸嫠①妇皆来拜谒焉。

【旧评】至堂云,于起首摄神取势,纯是杜法。又云,中间正叙一段,愈朴愈真,愈琐愈老。

恭三云,工于发端。末段回忆篝灯二句,一笔兜转,何等力量。

樾乔云,抒写周至,繁不伤冗,可谓笔端有口。

题周宣史昺潢《观物小照》

屋宇何幽闲,山水何清冷。君游尘网中,何处得此境。吾闻古儒者,处喧常习静。栖神怀葛②闲,俗虑一齐屏③。岂惟澹升沉,并亦忘机警。君昔牧中州,用宽不用猛。泽以诗书气,一时销悍犷。侧闻温洛人,望君屡延颈。君亦爱其人,依依似乡井。客中写此图,拟托枌榆景。寥寥听牧笛,淰淰④施渔箵⑤。垂垂杨柳风,凌乱当窗影。与物各有适,会心惟自领。京华十丈尘,骅骝争驰骋。清凉尺地无,终日坐酩酊。对此殊洒然,剧谈更呼茗。送君画中行,别梦流清颖。

---

① 嫠:寡妇。
② 怀葛:无怀氏、葛天氏。
③ 屏:音 bǐng,屏弃,同"摒"。
④ 淰淰:散乱不定貌。此处犹言随便、随意。
⑤ 箵:笼。

【旧评】至堂云，逼真储、韦①。

樾乔云，连上三诗，均似香山老年境界。

丙午（1846）秋，奉命视学湖南，嗣以回避祖籍，蒙恩②改调湖北，出都感赋

昔年朵殿③承天语，宦辙应当避南楚。[一]今年四国驰星轺，果从长沙易鄂渚。使者高车似还乡，小臣数典敢忘祖。中州淑气积于郴，[二]尚认先人一抔土。湫隘④原非近市居，播迁⑤偶然择邻处。湘浦之竹衡山云，我昔见之犹故人。即今转舵江汉滨，中间只隔洞庭春。春色江南到江北，烟树苍苍云梦泽。客来喜作巴人谈，千帆相属夔子国⑥。我欲因之讯家山，松楸无恙猿鹤闲。君恩许饮蜀江水，乞从驿使寻江源。

【江注】[一] 己亥（1839）由粤西典试覆命，上询原籍及入蜀几代，具以实对。此次简放后，掌院据考试名单奏明，故有改调之命。

---

① 储韦：唐诗人储光羲、韦应物。
② 蒙恩：《梦甦斋诗集》脱此二字。
③ 朵殿：大殿的东西侧堂。
④ 湫隘：低下狭窄。
⑤ 播迁：迁徙、流离。
⑥ 夔子国：古国名，在今湖北秭归一带。

[二] 昌黎语①。

【旧评】至堂云，曲折浏亮，此笔最近遗山②。

丁未（1847）八月舟发武昌入汉

红旌片片出江壖③，十幅风帆去杳然。
汉上垂杨黄似苇，秋来芳草绿依船。
行厨送酒谁同醉，凉月浮槎我亦仙。
回首胭脂山色好，慈云遥荫桂堂前。[一]

【江注】[一] 学使署在胭脂山下，内署有香桂堂。

彝陵校马射④

牙旗⑤高卷晓云开，肃肃江城画角催。
白羽千重林际落，红尘一道马前来。
清时未敢轻戎事，胜地真堪选将才。

---

① 昌黎语：指韩愈《送廖道士序》："郴之为州，在岭之上，测其高下，得三分之二焉。中州清淑之气，于是焉穷。气之所708，盛而不过，必蜿蟺扶舆，磅礴而郁积。"昌黎，韩愈（768—824），字退之，河阳（今河南孟州）人，一说修武（今隶河南焦作）人，自称"郡望昌黎（今辽宁义县）"，世称"韩昌黎""昌黎先生"。"唐宋八大家"之首。
② 遗山：元好问（1190—1257），字裕之，号遗山，世称遗山先生，太原秀容（今山西忻州）人。金朝末年至大蒙古国时期文学家。
③ 江壖：江边地。
④ 马射：骑射。
⑤ 牙旗：旗杆上饰有象牙的大旗，多为主将主帅所用，亦用作仪仗。

坐久不知山欲暝，雨声依约楚王台①。

【旧评】至堂云，不减高季迪②。

虾蟆培③取水煎茶，和东坡先生韵

片石覆苍苔，娟娟云吐月。云是虾蟆培，开缄剖琼液。阴崖蓄深清④，一线山骨裂。灵气难蔽遏，迸珠随四出。倾倒归长瓮，净绿夺山色。乃知泉出山，仍与众流隔。侧耳瓶笙鸣，七碗⑤应可敌。

【旧评】至堂云，淄渑⑥异味，非精于品泉者不知。

樾乔云，诗亦雅近坡仙。

上黄陵滩⑦谒禹庙观武侯碑

众山眈眈压黄陵，一帆冲破烟岚层。贴江巨石散如马，扬蹄奋鬣思奔腾。篙工触石胆立碎，转舵轻似穿窗蝇。断崖插水

---

① 楚王台：即阳台，在重庆巫山，相传为楚襄王梦遇神女处。
② 高季迪：高启（1336—1374），字季迪，号槎轩，长洲（今江苏苏州）人，元末明初诗人。隐居吴淞青丘，自号青丘子。
③ 虾蟆培：小阜。苏轼作有《虾蟆培》。
④ 深清：《梦甦斋诗集》作"深情"，误。
⑤ 七碗：指唐朝诗人卢仝所作《七碗茶》诗。
⑥ 淄渑：淄水、渑水，均在山东。
⑦ 黄陵滩：位于湖北宜昌夷陵区三斗坪长江边。

径路绝，负缆人作猿猱升。十步一蹶五步止，危樯跕跕①悬一绠②。鼓声欲竭众力并，蝥弧③直夺呼先登。亭午④始到禹庙侧，丹垩⑤蔽垣朝霞蒸。是时秋老山骨瘦，红叶点缀山间塍⑥。手扶筇竹跼蹐⑦上，空庭肃肃垂苍藤。霓旌半卷飒风雨，龙蛇举首皆凌矜。黄犊立仗螭扶座，童律云华⑧肩相承。金泥缄书阁⑨何处？百灵来会香烟凝。自从铸鼎肖魑魅，虽有神奸失所凭。慎郎⑩不怒老塞⑪伏，寒沙水落蛟可罾⑫。此地胡为罗变怪，无乃好奇张威棱。庙前古碣刬⑬其首，题名蜀相文足征。颂神圣功勒之石，江山感慨悲填膺。当时雄姿颇矫矫⑭，磨崖志欲成中兴。岂料苔蚀火又燎，过眼陈迹风中灯。我持龙节走南纪⑮，大合众流分淄渑。骊睡⑯要探颔珠出，犀然欲唤渊客应。即今

---

① 跕跕：坠落的样子。
② 绠：粗绳子。
③ 蝥弧：春秋诸侯郑伯旗名，后借指军旗、旗。
④ 亭午：正午。
⑤ 丹垩：刷红涂白。
⑥ 塍：田间的土埂。
⑦ 跼蹐：谨慎小心。
⑧ 童律云华：相传助随大禹治水。出自《太平广记》。
⑨ 阁：闭，隐匿。
⑩ 慎郎：指蛟蜃之精。出自《太平广记》。
⑪ 老塞：古代神话传说中的恶龙名。
⑫ 罾：古代一种用木棍或竹竿做支架的方形渔网。
⑬ 刬：举起。
⑭ 矫矫：卓然不群，不同凡响。
⑮ 南纪：指南方。
⑯ 骊睡：骊龙睡，喻因侥幸获得机遇。

西上指巫峡，千山万山催行縢①。舟楫之用未敢许，临深履薄殊兢兢。手持杯珓不肯掷，茫茫世事理则恒。题诗且复继苏子，擘窠②作字吾犹能。

【旧评】至堂云，摹写江湖险恶难行，令人意骇神悚，真合苏、韩为一手者。
恭三云，元气浑沦，中有百宝光怪，照耀闪烁。
樾乔云，神完气足，无一棘涩语，长篇之能事尽矣。佩服！佩服！

癸巳（1833）**春夏间，有楚客王君福昌者，自称江夏诸生，薄游吾竹③。余见之于故人家，少年倜傥，论文对酒有豪士风，居半载而归。阅十五年，绝无消息。今年秋，按试宜昌，有归州王生，名大福，年三十余矣，文词斐然可观，遂登之拔萃科。试竣西上，舟泊新滩④，生来谒，且曰，曩日所称江夏王生，即某也。余惊异久之，既叹遇合之奇，又幸余暗中摸索未为失人也。作长律以赠**

聚散茫茫路每歧，眼前踪迹太离奇。

---

① 行縢：绑腿布，喻远行。
② 擘窠：写字、篆刻时，为求字体大小匀整，以横直界线分格，叫"擘窠"。
③ 竹：江国霖家乡四川大竹简称"竹"。
④ 新滩：位于湖北荆州洪湖市东北。

文章无意逢曾巩①,姓字多年误范雎。

检到青袍醒旧梦,抛来白纻②换新辞。

相看忽动荣衰感,往日潘郎鬓已丝。

【旧评】至堂云,三、四典切。

上叶滩③

大船峨峨浮空来,浪头一激雪花开。长梢斫水水立断,转帆捩舵④声如雷。岸上千人负长纤,蛛丝一缕晴空罥。击鼓镗镗催用兵,袒裼⑤徒手来搏战。呼声渐急船渐高,危旗猎猎风萧萧。篙师卓立老龙背,但见群山皆动摇。噫吁嚱,上滩可愕亦可喜,履险得亨理如此。君不见,怒涛泄尽江神闲,滩上波明暮烟紫。

【旧评】至堂云,通体警健,不减杨铁崖⑥,结处兜转尤老。

恭三云,语必惊人,老杜一生秘诀。

樾乔云,波澜老成,无一闲字,知诗境逐年加进矣。

---

① 曾巩(1019—1083):字子固,建昌军南丰(今隶江西)人,世称南丰先生。北宋史学家、政治家,"唐宋八大家"之一。
② 白纻:亦作"白苎",白色的苎麻。《白纻辞》为古乐府题名。
③ 叶滩:即泄滩,位于湖北秭归西北边缘,长江北岸。
④ 捩舵:拨转船舵,指行船。
⑤ 袒裼:脱去上衣左袖,裸露肢体。
⑥ 杨铁崖:杨维桢(1296—1370),字廉夫,号铁崖,诸暨(今隶浙江绍兴)人。元末明初诗人、文学家、书画家。

舆夫谣[一]

前有高山,后有深渊。负重履险,蓦然登天。吁嗟,行路何其难!(一解)

山高路断,云雾迷漫。空谷有人,咫尺不能见。(二解)

上山天忽低,风寒雨凄凄。雨濯我发,风裂我衣。衣裂犹可,终日无食常苦饥。(三解)

主人厌粱肉,而我不得麦菽。店门红薯堆盈掬,一钱买之聊果腹。渴向人家乞莱菔①。忍渴复忍饥,催过前山宿。不记昨夜三更时,雨中十里无灯烛。(四解)

雨中无灯,岩间有冰。失足一堕,穿胁及膺。莫歌行路难,声苦不堪听。(五解)

【江注】[一]巴东山中作。

【旧评】 至堂云,通体音节入古。

> 樕乔云,居然绝好古乐府。本此心,为邦伯固宜其为万物吐气。

> 眉君云,此诗可惊。

建始②石门

疾雷破重山,直下透泉脉。万古不复合,青冥当中坼。两

---

① 莱菔:即萝卜。
② 建始:今隶湖北恩施。

崖对嵌空，飞阁耀金碧。何人鼓阴阳，炼此五色石。危磴悬秋毫，下坠千余尺。投足苦无地，束鞍同一掷。盘盘到石门，闼①光漏虚白②。断墙绝扪循，破瓮聊枝格③。险仄蜂穿棍④，微茫蚁缘隙。俯窥忽洞心⑤，平行虑触额。昔闻凿浑沌，此或留真迹。石窟何穹窿，知是神仙宅。钟乳纷四垂，玲珑类刻画。踯躅不敢过，恐为鸢鸥吓。涧底束危桥，瘦耸苍龙脊。获兹尺地安，坦如就几席。喘息且支颐，惊悸犹丧魄。回望后来骑，渺莽层云隔。奇哉造化工，辛苦为开辟。翻笑剑阁平，并忘瞿塘窄。谱入纪行诗，待补山经⑥册。

【旧评】至堂云，直入，悍峭。又云，中间刻划奇警。

恭三云，一部《山海经》，有此奇恣，无此工整。

樾乔云，已入少陵堂奥。

眉君云，实写具见，力量雄厚。

新滩守风夜坐

群山围坐气崚嶒，短榻萧然感不胜。
伏枕滩声如过雨，开窗风势欲摇灯。

---

① 闼：《梦甦斋诗集》作"圆"，误。
② 虚白：洁白，皎洁。
③ 枝格：抵抗，格斗。此处犹支撑。
④ 棍：《梦甦斋诗集》作"糯"，误。
⑤ 洞心：潜心。
⑥ 山经：《山海经》。

梦回孤棹天无月,吟到寒宵砚有冰。

争似谪仙才力健,轻舟一日下江陵①。

【旧评】至堂云,三、四真景佳句。

恭三云,一字一珠,通体完密。

雨夜泊空舲峡②,闻岩畔有读书声感作

暮江烟雨忽凄迷,天入空舲日易低。

奉使程遥愁岁晚,何人夜读恋岩栖。

一灯回忆儿时味,万卷虚从肘后携。

但听此声殊不恶,中宵喔喔又鸣鸡。

汉江夜泛

暮色来荒浦,樯高露已溥③。

鱼龙乘夜出,星斗落江寒。

戍鼓遥村递,渔家短梦阑。

壮怀兼旅思,展转又更残。

【旧评】至堂云,三、四唐句。

---

① 轻舟一日下江陵:唐李白《早发白帝城》有"千里江陵一日还"句。
② 空舲峡:即崆岭峡,又名空泠峡,位于湖北宜昌秭归,在长江西陵峡牛肝马肺峡东2.5公里。
③ 溥:露水多的样子。

题陈子宣庆藩①《相鹤图》，时将之官惠州②，即以留别

何处携来昂藏鹤，秋翎双剪雪花薄。与君并立书田中，瘦骨神姿两落落。君家旧住武昌城，亲见仙人跨鹤行。绿云西去杳无影，耳中常送天风声。此鹤本是神仙骑，彩凤斑龙共游戏。偶然向君一引吭，似识云霄万古意。清风扫箨③竹林深，石床苔净秋阴阴。廿年埋头乱书里，鹤兮独尔犹知音。纷纷凡鸟空依傍，好梦时归琼岛上。出世原非矜羽毛，对人许共评骨相。我曾刷翅游天都，阿阁④三重人境殊。玉皇忽遣下尘世，茫茫满地皆江湖。退飞那免燕雀笑，求侣遥闻鹓鸶⑤呼。荆江转舵又炎海，飞鸿回认泥雪芜。我乞此鹤君勿惜，梦里横江过赤壁。长鸣直到罗浮山，招鹤放鹤两无迹。武昌月夜如相思，请上鹤楼一吹笛⑥。

【旧评】至堂云，中间神似太白。又云，结得完密。

恭三云，潇洒出尘，心手俱适，宜僚之弄丸⑦也。

---

① 陈子宣庆藩：陈庆藩，字德屏，一字子宣，江夏（今隶湖北武汉）人，道光二十四年（1844）副榜举人，官内阁中书，诰赠资政大夫，工书画，有《九福砚斋诗文集》。
② 惠州：位于广东东南部，东江中下游地区。
③ 箨：笋壳。
④ 阿阁：四面都有檐溜的楼阁。
⑤ 鹓鸶：传说中的瑞鸟，比喻贤臣。《梦甦斋诗集》作"鹓鸾"。
⑥ 吹笛：《梦甦斋诗集》作"笛吹"。
⑦ 宜僚之弄丸：宜僚弄丸，出自《左传·哀公十六年》，谓保持中立，排难解纷。后也用于称赞才艺高超。

丁未（1847）十二月，自湖北提学移守惠州，纪恩述怀，留别同人八首

其 一

一纸除书到鄂城，春风犹恋管弦声。
文人乞郡原多事，中禁随班忝问名。[一]
驿路久谙江上棹，征衣重试岭南程。
亡羊得鹿俱常分，短剑横磨看此生。

【江注】［一］甲辰（1844）、乙巳（1845）以来，上召对臣工垂问，及霖者三。

其 二

攀云早岁上清都，满袖烟痕拂御炉。
夜月分笺裁五色，春雷绕殿听三呼。
故人日下多金紫，客子年来总道途。
小住蓬山栖未稳，蟠桃三熟到曾无。[一]

【江注】［一］自戊戌（1838）授馆职后，三经大考，皆未得与。

其 三

红尘分道骋騄駬①，我亦叨乘使者车。

---

① 騄駬：即騄耳，周穆王的"八骏"之一。常指代骏马。

东壁一星依玉案，[一]南天两载泛仙槎。[二]

量才敢许心无忝，报国翻怜鬓易华。

一去凤池①惊岁改，旧巢深锁上林花。

【江注】[一] 癸卯（1843）分校京闱，乙巳（1845）分教庶吉士。

[二] 己亥（1839）典试广西，甲辰（1844）典试江南。

其　四

大江横截楚天长，帝许观风近故乡。

饮水有源思井络，转帆犹梦到潇湘。[一]

剧怜荆璞②搜难遍，纵识阳春和未遑。

堪笑元都③憨道士，栽花千树付刘郎。[二]

【江注】[一] 初简湖南学政，因原籍回避，次日改调湖北。

[二] 明年为选拔之期，余考录者，宜、施两郡而已。

其　五

襕衫④队队簇瑶林，马上歌骊感不禁。

香草几人传赋手，高台终古见琴心。[一]

秀才风味贫犹记，师友渊源近可寻。[二]

行矣只惭文福浅，狄公门下负恩深。

---

① 凤池：即凤凰池，皇宫禁苑中的池沼。后多代指朝廷。
② 荆璞：楚人卞和从荆山所得未经雕琢的璞玉。
③ 元都：即玄都，道教传说中神仙所居之地。唐朝诗人刘禹锡曾两写玄都观，讽刺当权者。
④ 襕衫：为汉服体系。意指官服。

【江注】［一］伯牙①琴台在汉阳城北。

［二］钟祥黄席聘②师已下世，兴国潘湘门③师尚家居。

其 六

新携手版④谒诸侯，去日均叨礼数优。

阅世经纶金可鉴，照人风谊月当秋。[一]

书生漫诩三持节，民事深劳一借筹。

此后尺缄传治谱，好凭驿使过南州。

【江注】［一］湖北当事诸公勖励甚至。

其 七

宦味新尝意若何，江湖流转壮年过。

竟抛铅椠阴堪惜，无补君亲愧已多。

梦里京华依北斗，天涯题咏问东坡。[一]

只怜未展松楸愿，旧垄荒凉满薜萝。[二]

【江注】［一］坡公至岭南，始居惠州。自九江⑤至惠，皆公题咏处也。

［二］初拟差竣后乞假省墓，今以改官中止。

---

① 伯牙：相传为春秋时民间琴师。
② 钟祥黄席聘：黄埙，钟祥（今隶湖北荆门）人，道光二年（1822）进士。
③ 兴国潘湘门：潘观藻（1787—1852），原名光藻，字宾石，兴国（今湖北黄石阳新县）人，嘉庆二十二年（1817）进士，官至台州（今隶浙江）知府。
④ 手版：古时官吏上朝或谒见上司时所拿的狭长板子。
⑤ 九江：今隶江西，唐朝诗人白居易曾于此作《琵琶行》。

其　八

挂帆遥指越王台，万里游踪亦壮哉。
庾岭梅枝春后长，罗浮蝶影马前来。
行囊检点余书卷，时事纷纭试吏才。
莫羡南荒珠玉贵，泉清还忆故山隈。

【旧评】至堂云，八诗俱庄雅新秀，而以顿宕出之，便觉有姿有骨。船山以七律见长，此更跨出其上。

恭三云，纯用中锋，发为和平之响，情文绵邈，不厌百回读。

樾乔云，八首句斟字酌①，无懈可击。

元夕泊九江

匡庐暮色落平沙，烟草茫茫绕岸斜。
千里帆樯一竿月，满城灯火万枝花。
江流浩渺春如梦，客路团圞艇作家。
远宦也偿蓬矢志，敢将幽怨托琵琶。

【旧评】至堂云，好句天然。

樾乔云，一气搏挓②，集中近体似此者美不胜收。结尤有余味。

---

① 句斟字酌：《梦甦斋诗集》作"字斟句酌"。
② 搏挓：《梦甦斋诗集》亦作"搏挓"，疑为"䙌挓"刻误。䙌挓，调和。

大姑山①

　　我梦游金焦②,春波渺渺回惊飙。何如乘潮过湖口,亲见大姑垂云髾③。嵯峨出水五千尺,回头不觉庐山高。长鲸怒蛟攫不去,坐对平湖翻云涛。天寒水落沙如掌,涨痕尚认留山腰。想当盛夏五六月,涵空一镜青螺摇。舟人指点不能到,上有神仙开绮寮④。粉垣回互隐丹嶂,修竹满径风萧萧。估帆下数落叶集,浮图仰视晴霞烧。道人散发双碧眼,举手向我空中招。我驱长风驾高浪,去去已逐春云遥。涉川正藉舟楫用,安能从汝栖松寥。相对聊倾一壶酒,榜人发唱金钲敲。他年倘作卧游记,助我壁上图生绡⑤。

　　【旧评】至堂云,神味气骨俱似昌黎。

湖中守风夜坐

　　　处处危樯偃画旗,平湖千顷净玻璃。
　　　雁声在水霜初下,月色如烟角乍吹。
　　　得句只供娇女诵,问程先报老亲知。

---

① 大姑山:即鞋山,位于江西九江湖口鄱阳湖中,与长江中小孤山遥对。
② 金焦:金山、焦山,在今江苏镇江。
③ 髾:头发梢。
④ 绮寮:雕刻或绘饰得很精美的窗户。
⑤ 生绡:生丝织成的薄绸、薄纱,古时多用以作画,因亦指画卷。

马当①例有才人梦,独对参横斗转时。

重湖②五首

其 一

重湖水涨碧天长,何处微波接汉阳。
送过斑骓③春寂寂,片帆烟月又南昌。

其 二

诗囊笔架半尘侵,自检巾箱思不禁。
惭愧能文萧颖士④,年来孤负爱才心。

其 三

碧玉衫痕紫绮裘,别时天气正夷犹⑤。
不知风雪黄河畔,尚有寒侵马上不⑥?

---

① 马当:山名,在江西彭泽境内,北临长江。相传唐朝王勃乘舟遇神风,自此一夜达南昌。
② 重湖:洞庭湖的别称。
③ 斑骓:毛色青白相杂的骏马。《梦甦斋诗集》亦作"斑雅"。此处或应作"斑骓",即班马,离群之马。
④ 萧颖士(717—768):字茂挺,颍州汝阴县(今安徽阜阳)人。南朝梁宗室后代,唐朝文学家、名士。
⑤ 夷犹:犹豫。此处指天气变化不定。
⑥ 不:平声。平水韵"尤"部,未定之辞。

其 四

到家应是暮春天,绣闼新增却扇篇。
此日春风谁管领,自将鄂被覆婵娟。

其 五

已去年华感逝波,花期欲问屡蹉跎。
遥知旅馆灯前泪,更比章江①夜雨多。

新淦②二首

其 一

远树离离尽,沧波叠叠催。
橹声随雁去,塔影压船来。
踏浪渔收网,推窗客举杯。
恨无郭熙③笔,怅望费诗才。

【旧评】至堂云,颔联妙,"压"字尤新。

其 二

落日明波外,春风到柳边。

---

① 章江:章水,即赣江、赣水,赣江的古称。
② 新淦:今江西吉安新干。
③ 郭熙(约1000—约1090):字淳夫,河阳府温县(今隶河南焦作)人。北宋画家。

江山晴入画，城郭晚拖烟。
局促怜生事，迁流感盛年。
宵来无远梦，只过鹤楼前。

泊横石①

乔木带苍烟，夕阳润疏雨。我从峡江来，舣舟横石浦。高原何莽荡，墟落聚三五。就中有巨宅，绿阴环朱户。澹沱陂塘春，含光动檐宇。老叟前揖客，延我登其庑。口作巴人谈，对客无龃龉。自言少离家，远逐瞿塘贾。夜抱賨布②眠，朝携郫筒酤。蜀水与蜀山，一一皆能数。归来三十年，躬耕就别墅。种樟已成村，编竹还开圃。儿孙解咿唔，邻里通鸡黍。不思估客乐，讵识田家苦。笑问客胡为，明朝去何所。闻言良自愧，默默膺独拊。人生竟何似，柳花随风舞。我岂恋君家，君亦厌吾土。游子思故乡，怀哉系汉祖。

【旧评】眉君云，自然曲畅。

大风留万安③两日

鼍愤④龙呿⑤太不平，颠风竟夕撼春城。

---

① 横石：位于江西吉安。
② 賨布：秦汉时西南少数民族所织布匹，可作赋税交纳。
③ 万安：今隶江西吉安。
④ 鼍愤：《国朝全蜀诗钞》作"虎啸"，《晚晴簃诗汇》因之。不改。
⑤ 呿：张口貌。

飘摇客子孤舟梦，激荡边秋①万马声。
鸿雁不来愁北望，鲲鹏欲化想南征。
明朝十八滩头路，准拟缘山看②晓晴。

【旧评】恭三云，一语千古。

南安道中

山城二月寒如冬，小桃初开不能③红。章江十里九回曲，一曲一村杨柳风。晚来欲雨天忽④热，竹篱⑤榕阴独清绝。踏浪渔翁何处归，野田莱菔花成⑥雪。

【旧评】至堂云，格韵酷似元人。
恭三云，结句尤超。
樾乔云，音节可喜。

赣州⑦道中咏水车

江心作坝如建闸，束沙累石双龙夹。南人行车利大川，翻空喷水轻于箑⑧。章江二月雨连山，奔流注溪绿泛鸭。壅水激

---

① 边秋：《国朝全蜀诗钞》作"荒江"。
② 看：《国朝全蜀诗钞》作"趁"。
③ 不能：《国朝全蜀诗钞》作"红未"。
④ 忽：《国朝全蜀诗钞》作"作"。
⑤ 篱：《国朝全蜀诗钞》作"径"。
⑥ 成：《国朝全蜀诗钞》作"如"。
⑦ 赣州：今隶江西。
⑧ 箑：扇子。

车车欲①飞，千筒吸江②声霎霎。侧③波低讶日浴轮，转毂急疑风生峡。拨剌④上浮鱼尾衔，联翩下坠雁行接。倒挽银河天瓢翻⑤，直⑥掀蛟窟地轴压。岸逼真成屋建瓴，泉飞并随刀出匣。坐令阳侯⑦失常性，过颡行⑧山懦可狎。是时绿野待春耕，秧田刺针菜抽甲⑨。注笕分筒⑩走平畴，行歌晓看⑪双犁踏。苦忆河北麦苗枯，抱瓮千家⑫废恒业。老农泣尽仰天呼⑬，垂死不闻天公⑭答。安得将军付阿香⑮，一洒春霖⑯遍怀邺。

【旧评】至堂云，刻划尽致，而丰骨自高。又云，得此一结，便大便厚。

恭三云，可与东坡《秧马》诗并传。

樾乔云，体物浏亮，一结见绝大心胸。

眉君云，《秧马》歌以风趣胜，此以奇警胜。

---

① 欲：《国朝全蜀诗钞》作"能"。
② 千筒吸江：《国朝全蜀诗钞》作"比筒入江"。
③ 侧：《国朝全蜀诗钞》作"吸"。
④ 拨剌：鱼尾拨水声。
⑤ 翻：《国朝全蜀诗钞》作"倾"。
⑥ 直：《国朝全蜀诗钞》作"平"。
⑦ 阳侯：古代传说中的波涛之神。
⑧ 行：《国朝全蜀诗钞》作"在"。
⑨ 秧田刺针菜抽甲：《国朝全蜀诗钞》作"新秧刺水菜坼甲"。
⑩ 注笕分筒：《国朝全蜀诗钞》作"分筒注笕"。
⑪ 行歌晓看：《国朝全蜀诗钞》作"农歌起处"。
⑫ 抱瓮千家：《国朝全蜀诗钞》作"千家抱瓮"。
⑬ 泣尽仰天呼：《国朝全蜀诗钞》作"泪尽仰天叹"。
⑭ 天公：《国朝全蜀诗钞》作"真宰"。
⑮ 阿香：神话传说中推雷车的女神。
⑯ 春霖：《国朝全蜀诗钞》作"青葱"。

观音岩

绝壁下无根，浈江①绕其麓。谁从启灵关，斫破千岩绿。危磴纡修蛇，穿穴行诘曲。谽谺对幽龛，杳然堕深簏。大士②南海归，跏憩此山腹。藤垂宝珞交，石乱霓旌簇。上有洞明窗，日月耀华烛。遂令往来舟，低首日祈福。大士合眼笑，去去勿吾渎。山水古来清，揽胜良亦足。长吟招天风，一纵看山目。

【旧评】 恭三云，只合如此作结，乃能跳出前人窠臼。

飞来寺③

谁截瞿唐山一角，携来此地辟禅扉。
危楼半入青冥路，古木都成锦绣围。
积雨泉从峰顶落，过江云傍寺门飞。
老僧枯坐磬声寂，试问仙猿归未归。[一]

【江注】 [一] 寺旁有归猿洞。

【旧评】 至堂云，五、六妙景。
恭三云，体格亦高。

---

① 浈江：珠江水系北江干流的上游段。
② 大士：观音。
③ 飞来寺：位于广东清远城北23公里飞来峡。

雨后过清远县①

到郭群山尽，余青远送人。
萧萧黄竹岸，淡淡绿杨津。
半夜潮通海，千林雨洗春。
南行殊不恶，囊底莫愁贫。

将到广州泊花地②作

橹声人语杂中流，暂傍鹅潭一系舟。
番舶南来成海市，牂牁③西下接潮头。
木棉花发山如锦，珠舫灯齐水不秋。
赖有狮洋兼虎寨，[一]千年锁钥壮神州。

【江注】[一] 皆在省东南。

登镇海楼[一]

京华北望八千里，海上巍巍见此楼。
林壑岂知兴废事，沧桑不尽古今愁。

---

① 清远县：位于广东中北部，北江上游。
② 花地：位于广州城西南。
③ 牂牁：牂牁江，源出贵州惠水县，流经广西，入广东为西江，也称"蒙江"。

呼銮道①圮荒烟合，朝汉台②空野草秋。

独剩③飞甍倚危堞，粤山高处一昂头④。

【江注】［一］在粤秀山侧。

【旧评】樴乔云，劲气直达，何减崔灏⑤题诗。

---

① 呼銮道：南汉皇帝刘䶮所凿登山道。
② 朝汉台：南越王赵佗所建。在越秀山西，近越王台。
③ 剩：《国朝全蜀诗钞》作"仰"。
④ 高处一昂头：《国朝全蜀诗钞》作"西望一回头"。
⑤ 崔灏：《梦甦斋诗集》亦作"崔灏"，为"崔颢"刻误。崔颢（704—754），汴州（今河南开封）人，原籍博爱安平（今隶河北衡水），开元十一年（723）进士，唐诗人，《黄鹤楼》最为人称道，传说曾使李白搁笔。

卷六　宦海吟草[①]

到郡数月，觉物候颇殊有作

南风骤暖北风寒，倏忽炎凉似隔年。
蚊阵喧从残腊夜，桂花香过早春天。
黄蕉入市家家乐，丹荔登盘颗颗鲜。
景候全殊时物变，楚江云雨思茫然。

郡署东偏新构江山一览亭落成，同人宴集[②]，作诗纪事

　　惠阳山脉龙川来，左岭右海雄图开。东江中贯一千里，突荡沙石奔云雷。山回江阔势一曲，双城峨峨据其腹。城上荒亭

[①] 按：江国霖自选道光二十八年戊申（1848）四月至咸丰九年己未（1859）任职惠州、海南、广东省至罢职寓居历时12年的诗作50首，编为《梦甄斋诗钞》第六卷，名《宦海吟草》。

[②] 宴集：聚在一起叙谈，宴饮集会。

濒江开，谁欤作者李叔玉①。[一]此亭终始三百年，江流未改山依然。后来榛秽偶不剪，漂零断甓②成荒烟。今年正逢岁在酉，人家乞浆便得酒。已催鼛鼓③出城闉，[二]更拓石基开户牖。飞檐迥出层堞间，拂拂天风当昼寒。十丈粉垣遮不断，别添修竹三两竿。一榻一轩好位置，凭栏览尽江山势。远帆冲过浪黏天，晴翠飞来云委地。暇日宾从携壶觞，高吟各逞才力强。罗浮之峰丰湖水，揽其奇概为文章。一篇先出众作竞，精神欲随翔风翔。坐中独有醉太守，对此无端思茫茫。忆从壮岁走京国，太华洪河当路侧。远下金陵听江声，直过衡岳看山色。故乡剑阁与瞿唐，时时槎枒④在胸膈。不知九州之外更何奇，半生题咏遍南北。一麾忽复走炎州，旌节抛向黄鹤楼。岭上梅花苦相笑，桄榔椰子一时秋。此邦岂无好山水？瘴雾遮眸雨鸣耳。望阙三年尚未归，梦游仍傍帝城里。沙子步、白鹤峰，彼何人兮将毋同，先后偕来作寓公。更有文惠祠前将军树，清阴散落衙斋中。比邻居者皆蜀士，[三]邦人往往传遗风。贤达宦游亦偶尔，江山得之增奇雄。我到此州百无补，但为居民谋安堵。此城复见金瓯完，城上之亭亦千古，惠阳何必非吾土。坐客闻此言，各各引一觥。明月飞上东窗楹，暮色苍苍来远汀，凉气入帘风摇灯。诗成壁上留其名，四坐无言我亦醒。

---

① 李叔玉（1408—?），以字行，长乐（今隶福建福州）人，明英宗正统十年（1445）进士，曾官惠州知府。
② 甓：砖。
③ 鼛鼓：古代用来召集人的一种大鼓。
④ 槎枒：错杂不齐的样子。

【江注】［一］明天顺①间，郡守李叔玉建亭，颜②曰"第一江山"。

［二］时方修城。

［三］沙子步，唐子西③故居。白鹤峰，东坡④故居。陈文惠⑤祠在署东，祠前有文惠手植荔枝，人呼为将军树。三公皆蜀人也。

【旧评】 至堂云，沙子步、白鹤峰、文惠祠，三客天然，波趣横生。又云，惠城重修功在千古，此亭特小事，然可藉以传矣。

恭三云，修惠城是一生精力所在，此诗亦用全力。又云，接卸、回应俱神明于古法。

樾乔云，万象在旁，真力弥满，近来海内为长句无与匹俦。佩服！佩服！

兰甫云，有此全力，方可作此大篇。

眉君云，"炎洲"⑥句一接，似太白。

---

① 天顺：明英宗年号，从 1457 至 1464 年。
② 颜：堂上或门框上的横匾、门楣。
③ 唐子西：唐庚（1070—1120），字子西，眉州丹棱（今隶四川眉山）人，北宋哲宗绍圣元年（1094）进士，政和元年（1111）贬惠州，有《唐子西文集》《唐眉山诗集》《眉山先生文集》《眉山诗钞初集》等。
④ 东坡：苏轼（1037—1101），字子瞻，又字和仲，号东坡居士，世称苏东坡，眉州眉山（今隶四川）人，祖籍河北栾城，北宋文学家，书法家，画家，北宋仁宗嘉祐二年（1057）进士，曾官端明殿学士、左朝奉郎、礼部尚书等，绍圣元年（1094）曾贬惠州，谥文忠。有《东坡七集》《东坡易传》《东坡乐府》《寒食帖》《潇湘竹石图》《枯木怪石图》等。
⑤ 陈文惠：陈尧佐（963—1044），字希元，号知余子，阆州阆中（今隶四川南充）人，北宋太宗端拱元年（988）进士，官至同平章事，谥文惠，有《潮阳编》《野庐编》《遣兴集》《愚邱集》等，曾任祯州（今惠州等地）知州。
⑥ 炎洲：《梦甦斋诗集》亦作"炎洲"，当系"炎州"刻误。

喜闻楚中洪生调笙、调纬①、李生传燨捷音，赋此却寄，并柬陈子虔庆溥二首

其 一

尺书珍重抵泥金，鹊噪空庭亦好音。
楼笛尚余迁客怨，岭梅遥寄故人心。
一年种树春常在，万里停云望转深。
海水天风清刷耳，因君重忆伯牙琴。

【旧评】恭三云，情深文明。

其 二

清时玉诏重抡才②，沅芷江蓠次第栽。
多士并宜香草赠，一官偏为荔枝来。
逢人慷慨谈云梦，感旧苍茫上粤台。
料得鹤楼秋色好，满林丹桂月中开。

【旧评】恭三云，颔联对句，匪夷所思。

---

① 洪生调笙调纬：洪调笙，湖北江夏（今武汉）人，后任滕县知县，张之洞童子师。洪调纬，字初元，号耒农，咸丰六年（1856）进士，官至福建道监察御史，张之洞解元之房师。
② 抡才：亦作抡材，选拔人才。

水龙行

水龙,救火器也。郡城屡有回禄①之灾,城内居民置水龙数具以备之。暇日演试江干,书示观者。

油车革袋千尺强,铁叶裹轮金电光。骄龙挟水走平地,腹中转霆声礧硠②。渴吻一吸水百石,矫首向天鳞鬣张。喷云泄雾怒未骋,天公急敕呼阿香。健儿吹螺妇击鼓,黑帜幡幡凌空扬。须臾飞瀑下如注,倒泻沟渠流汤汤。龙之所到水力赴,蜚廉③屏翳④相回翔。何人设机巧至此,旋斡直可通阴阳。忆昔厝薪偶不戒,乌鸣嘻嘻城东坊。连云阛市一宵烬,万人提瓮空彷徨。当时若得龙利见,坐见烈火消昆冈。前事虽悔徒拾沈⑤,补牢倘⑥可追亡羊。蓄潦具绠⑦古所重,司城之令应毋忘。[一]资龙以水龙得地,或跃或潜罔不臧。龙兮龙兮,尔能为雨为霖福海国,民所赖兮天必康。何物炎官逞威焰,意气敢与神物当。燎原之势虽可骇,和甘能召成休祥。慎勿跨海腾天倏忽去,万众延颈殊皇皇。隆冬暂蛰尔勿闷,待沛春泽弥炎方。

---

① 回禄:传说中的火神名,多借指火灾。
② 礧硠:大声。
③ 蜚廉:风神。亦作"飞廉"。
④ 屏翳:神话传说中的云神,亦说为雨师、雷神、风神。
⑤ 拾沈:拾取汁水,比喻事情不可能办到。沈,汁液。
⑥ 倘:或许。
⑦ 绠:汲水器上的绳索。

【江注】[一] 时方浚城中百官池，以资汲灌。

【旧评】至堂云，集中七古多近韩、苏，此独追踪老杜，气体尤高。

恭三云，就"龙"字设想，都是无中生有，而奇情异采，写得光怪陆离，乃与题称。

兰甫云，雄健奇矫，真与题称。又云，《学海堂三集》①亦有此题拙作一首，亦用七阳韵，对此如小巫见大巫矣。钦服！钦服！

书艾至堂畅诗集后

灵光灏气②两精莹，开卷如观武库兵。
短幅沉吟皆道味，长歌悲慨入边声。
蓬庐自洒忧时泪，坛坫③谁齐寿世名。
投老一官聊慰藉，铜章④端不负儒生。

【旧评】至堂云，过蒙奖饰，然诗则气老味足，神似北地⑤。

樾乔云，如此倾倒，我愿见而读之。

兰甫云，沉着处得自老杜。

---

① 学海堂三集：《学海堂集》为学海堂优秀课卷选集，共四集，其中第三集二十四卷，张维屏选，刻于咸丰九年（1859）。
② 灏气：弥漫在天地间之气，正大刚直之气。
③ 坛坫：文人集会之所，引申指文坛。
④ 铜章：古代铜制的官印，唐以来称郡县长官或指相应的官职。
⑤ 北地：本指古地名北地郡，大致相当于今陕西、甘肃、宁夏一带，明朝文学家、诗人李梦阳出生于甘肃庆阳，故称其北地。

夜至浮桥

月淡欲成烟，星摇疑挂树。估帆偃空江，微风飒然度。金柝响渐低，重城一回顾。万家宵梦恬，鸡声起何处。

【旧评】至堂云，神味简足。

恭三云，团结。

樾乔云，老劲。

兰甫云，幽澹。

李西沤惺宫赞自蜀游粤，岁暮入罗浮，经旬不返，诗以招之

先生下峨岷，飘然巫峡东。洞庭与衡岳，浩浩填心胸。目力未能骋，高登独秀峰。一棹浮漓江，苍梧云万重。言入罗浮山，逝①访葛仙翁。此山实灵窟，丹灶蒸霞红。三十六洞天，近接蓬莱宫。长桥跨铁锁，古观埋铜龙。上有飞云顶，海日照曈曈。先生拂衣笑，手扶嘉州②筇。[一]裹粮游十日，身轻足未慵。云将举柏酒③，于此饯残冬。行年过六十，一事胜坡公。先公两日生，[二]岁岁名山逢。公亦昔游此，小坡负书从。松杉齐下拜，猿鹤导前踪。先生携二客，[三]此意将毋同。招邀千蝴

---

① 逝：去，往。
② 嘉州：四川乐山。
③ 柏酒：柏叶酒，传统习俗认为春节饮之，可辟邪。

蝶，自寿寿文忠①。快心两豪举，不仙亦自雄。但惜岁云暮，天寒山已童②。白石安可煮，清樽行复空。春来芳草绿，及兹蒲帆风。好携梅花归，置我官阁中。

【江注】［一］先生所携筇竹杖，嘉州物也。

［二］先生生于腊月十七日，今日乃十九日，坡公生辰也。

［三］张到翁、萧道士。

【旧评】至堂云，"不仙亦自雄"，语可千古。

恭三云，才人之笔，可补造化。"一事胜坡公"，数语附会，即足流传，何其幸也。

眉君云，此翁当此诗。

兰甫云，招蝴蝶以自寿，亦奇语也。

明妃曲二首

其 一

蛾眉那解重黄金，难诉琵琶马上心。
但得君王识名字，投边也戴主恩深。

其 二

玉骨冰容逸世姿，妆成本自不宜时。

---

① 文忠：指苏轼，苏轼谥文忠。
② 童：光秃。特指山无草木，人无头发。

图中尚与留真面,莫向春风怨画师①。

【旧评】兰甫云,二诗皆温柔敦厚。

将赴雷琼道②任,留别惠州士民四首

其 一

除书新下五云端,万里鹏溟远赴官。
圣世声名中外洽,微臣心事去留难。
春晖暗惜兰馐减,夏雨应怜蔀屋③宽。
谁遣伏波与横海④,珠崖铜柱昔登坛。

其 二

休夸尺箠⑤控连城,柝鼓喧喧绕郭声。
晓榻披襟犹揽卷,夜窗呼酒欲谈兵。
苍黄五管今传檄,[一]浩荡双江旧列营。[二]
但得民风长揖让,愿从海外颂升平。

【江注】[一] 时粤西接壤郡邑已闻征兵。

[二] 提标五营在惠属。

---

① 画师:毛延寿(?—前33),杜陵(今陕西西安曲江三兆村南)人,汉元帝时画家。此处指丑画王昭君事,见葛洪《西京杂记》。
② 雷琼道:领雷州府、琼州府。
③ 蔀屋:草席盖顶之屋,泛指贫穷之家幽暗简陋之屋。
④ 伏波与横海:伏波,指东汉开国功臣马援,封伏波将军;横海,指西汉韩说,封横海将军。
⑤ 尺箠:一尺之鞭,一尺之棰,比喻御事的权力。

其 三

花落闲庭讼牒空，清时有暇且鸠工①。[一]

徙薪岂为希恩泽，彻土先谋避雨风。

百雉经营居不易，万家生聚②力应同。

更留穿郭一渠水，好备炎威燺祝融。[二]

【江注】[一] 时城工甫竣。

[二] 新浚城中百官池，以备火灾，鉴于戊申（1848）岁也。

其 四

移官无计托妻孥，白发舟中一杖扶。[一]

谁道播州能易柳③，旧闻儋耳拟投苏④。[二]

行经祖帐⑤杯难进，听遍舆歌泪欲枯。

莫指羊城便伤别，天南犹挂片帆孤。

【江注】[一] 时郡人多请留眷属居惠城者，以去琼更远、音书难达辞之。

[二] 调雷琼时，曾以亲老辞，不许。

【旧评】 眉君云，悱恻深微。

---

① 鸠工：聚集工匠。
② 生聚：繁殖人口，聚集物力。
③ 播州能易柳：唐柳宗元愿以自己将被贬去的柳州与刘禹锡将被贬去的播州互换，因刘有老母在世，而播州条件更差。播州，今贵州遵义。
④ 儋耳拟投苏：苏轼贬儋州，写有《儋耳》。
⑤ 祖帐：道旁设帐饯行，也指送行的酒宴。

兰甫云，四诗之美，此四字尽之。"圣世"二句，亦得体，亦真挚。

六月二十五日渡海二首

其 一

猎猎风旗飐①晓烟，瞳瞳岛日浴波圆。

中原南去疑无地，巨舶东回欲到天。

浩荡云涛呈百怪，微茫城郭下孤鸢。

盛朝岂有乘桴②想，再与坡仙续旧缘。[一]

【江注】[一] 坡公自武、黄而惠，而琼、儋，余近年宦迹亦然。

其 二

历览江湖廿六秋，今年四十已平头。

不从徼③外穷双眼，尚觉胸中隘九州。

炎汉勋名铜鼓播，越裳疆索弹丸收。

琼崖此日同畿甸，[一]何用瞻云更起楼。[二]

【江注】[一] 明太祖称琼州为南溟奇甸，见邱文庄④集。

[二] 嘉靖⑤时，郡治有瞻云楼。

---

① 飐：风吹物使颤动。
② 乘桴：乘坐竹木小筏，后用以指避世。
③ 徼：边界，边塞。
④ 邱文庄：丘濬（1421—1495），字仲深，琼山（今隶海南海口）人，被明孝宗御赐为"理学名臣"，被史学界誉为"有明一代文臣之宗"。谥文庄，有《丘文庄公集》。
⑤ 嘉靖：明世宗年号，从1522至1566年。

桄榔庵诗

儋州①民黎交哄，年余不解。辛亥（1851）春，有戕吏攻城之事。余督兵往治之，驻坡公桄榔故居，作此谕儋人。

坡公昔南迁，结屋依桄榔。寄身寻丈地，岂知投蛮疆。听儿读陶诗，月下声琅琅。出门负瓢歌，老妪相迎将。笠屐雨中行，群儿笑不遑。屡过子云居，载酒共升堂。果然成佳士，琼南破天荒。至今水竹林，诗书间笙簧。[一]一变鴃舌②语，好音怀西方。[二]贤达之所居，如亲芝兰香。昔也何淳直，今也何陆梁③。昔敦馆飧④好，今衽金革强。蛮触争蜗角，干戈起萧墙。蠢蠢百峒黎，毒弩亦鸱张。遂令讲习地，喋血成战场。[三]昔贤若有知，得不嗤其狂。我亦蜀中人，坡公犹邻乡。持节来活尔，视尔心独伤。为尔锄悍犷，为尔迓和祥。消尔豺虎性，冀尔鸾凤翔。我教愧不先，尔生毋胥戕。庶几弦诵声，环绕桄榔旁。安得符秀才，持告景贤坊。[四]

【江注】[一] 黎子云⑤故居，今为东坡书院，在城东北。

[二] 儋人土语，虽邻邑不能通。惟州城人作蜀语，坡公之教也。

---

① 儋州：位于海南岛西北部，濒临北部湾。
② 鴃舌：鸟语，旧时用以讥讽说难懂的南方方言的人。比喻语言难懂。鴃，同"鶪"，鸟名，伯劳的旧称。
③ 陆梁：嚣张，猖獗。
④ 馆飧：馆粲，束脩。
⑤ 黎子云：宋儋州人，家贫好学，时与弟载酒见苏轼，轼题其居名"载酒堂"。

［三］学宫书院大遭蹂躏。

　　［四］东坡书院在景贤里。此次起衅，即其里人与近黎，符姓为多。坡公云，老符秀才，儋人之安贫守静者。

【旧评】兰甫云，仁人之言，不独诗篇之美也。

儋州军中夜坐

　　严城向晓月苍苍，旌旆微飘海气凉。
　　催就军书灯落烬，听残戍鼓鬓添霜。
　　愁中看剑呼飞骑，醉里闻歌哭战场。
　　安得峰头拜黎母①，清风扫尽瘴云黄。

【旧评】兰甫云，前四句尤有苍凉之致。

送郭鹤卿伟还惠州二首[一]

【江注】［一］时在临高②。

其　一

　　岭海联镳③汗漫游，频年踪迹恋同舟。
　　早传笔札双江远，忽捧音书五夜愁。[一]

---

① 黎母：黎人之祖。
② 临高：位于海南岛西北部，西南与儋州接壤，西北濒临北部湾，北濒琼州海峡。
③ 联镳：联鞭，同进。镳，马嚼子两端露出嘴外的部分。

琴砚浑如棋不定,室家好共月重修。
欲知久客怀归意,试向天街看女牛。

【江注】［一］时闻其闺人新病,归谋移居。

其 二

尺书何计慰高堂,我望羊城胜望乡。[一]
两字平安询驿骑,三春感慨入河梁。
海深难掩含沙迹,月满终流照胆光。
寄语循州①诸父老,使君今已鬓毛苍。

【江注】［一］慈闱侨寓省垣。

夜泊佛山镇②

市头寒雨晚萧萧,卅六江楼望转遥。
十里笙歌风度水,一船灯火暮连朝。
和烟月色当窗堕,似海春愁傍酒销。
我已繁华无梦想,轻舟午夜去乘潮。

【旧评】兰甫云,三、四写佛山镇如绘。

---

① 循州:主要包括今广东惠州、河源、汕尾、梅州大部分地区。
② 佛山镇:地处广东中部,珠江三角洲腹心地带,东接广州,南临中山。

题莲因①女史诗卷[一]

我别翰臣已八年，今年忽泛桂林船。桂林山水秀天下，翰臣据此开吟笺。当时射策②好身手，卢骆王杨③竞先后。胡然④一棹归江乡，翻向林泉觅佳偶。长沙以南洞庭阴，斑竹不死秋兰深。中有美人抱瑶瑟，发声欲和哀猿吟。潇湘二子招之不肯去，微波澹沱秋风心。八桂坊前神仙宅，仙郎乘轺来楚泽。[二]抚琴乍写求凰声，开阁欣延跨凤客。明珠百琲⑤催新妆，班史⑥璘瑸纷压箱。[三]春梦沉沉忽惊起，却疑校书⑦归玉堂。暇日兰闺一唱和，未知彩笔谁低昂。遂令廿年名士气，扫除绮语收清狂。我游桂林今两度，满目疮痍人非故。可惜连云千万家，不及新诗锦囊贮。囊中诗句总不群，儿女叱咤皆风云。奋笔屡思檄诸将，请缨恨未张一军。酒酣微诵万感集，悲歌太息声如闻。呜呼！闺中人如此，翰臣莫谩⑧夸才子。愿持此卷付歌儿，一洗

---

① 莲因：何慧生（？—1858），女，字莲因，善化（今湖南长沙）人，嫁龙启瑞，夫死自殉，有《梅神吟馆诗草》。
② 射策：汉代考试取士方法之一。泛指应试。
③ 卢骆王杨：初唐四杰，卢照邻、骆宾王、王勃、杨炯。
④ 胡然：不知何故。
⑤ 琲：成串的珠子，珠串。
⑥ 班史：指《汉书》，东汉班固作。
⑦ 校书：薛涛(768—832)，字洪度，长安(今陕西西安)人。唐代诗人，时称女校书。
⑧ 谩：通"漫"，随便。

人间香奁体①。

【江注】［一］莲因，龙翰臣殿撰②继配也。甲寅（1854）春重游桂林，翰臣以其稿属题。

［二］翰臣由湖北学使归粤。

［三］集中《赠外》诗有"自笑妆奁寒俭甚，《汉书》一部女儿箱"之句。

【旧评】兰甫云，"长沙以南"六句，逼真太白。世人学太白，但作豪纵语，不知谪仙人面目正当于深秀处求之。

即　席[一]

画帘高卷午风和，定子当筵酒欲波。
远道鼓鼙声未歇，中年丝竹感尤多。
将军漫解黄金甲，壮士虚搴白玉珂③。
何处乐忧最相系，九边须待唱铙歌。

【江注】［一］乙卯（1855）十一月十六日。

---

① 香奁体：专以妇女身边琐事为题材的诗作，多绮罗脂粉之语，又称艳体。唐韩偓有《香奁集》。

② 龙翰臣殿撰：龙翰臣，龙启瑞（1814—1858），字翰臣，临桂（今隶广西桂林）人，道光二十一年（1841）状元，官至江西布政史，有《浣月山房诗钞》《南楮吟草》《翰臣诗钞》《经德堂文钞》等。殿撰，明清进士一甲第一名例授翰林院修撰，故沿称状元为殿撰。

③ 白玉珂：马笼头的装饰。

书黄香石先生培芳①诗集后

词坛几辈出风尘,度岭韩苏此后身。
直以罗浮为骨干,[一]早经溟海荡精神。[二]
眼前稿帙常充栋,门下生徒几斫轮。[三]
除却珠江老渔父,[四]拍肩挹袖更何人。

【江注】［一］先生名罗浮为粤岳,自号粤岳山人。

［二］少年为陵水广文②,有《观海》诸作。

［三］所著多经门下士评选刊行。

［四］谓南山翁。

题王恭三刺史铭鼎《望云挂帆图》

天涯何处无白云,云来故山若相亲。人生随意开帆好,帆回沧海却须早。海上频年汗漫游,看云忽讶秋光老。王郎生长黔山中,万壑云气填心胸。绮岁文场早驰誉,出云肤寸③春蓬蓬。兴来橐笔走京国,吟遍江南又江北。不惜洞庭风浪多,倾囊尽使蛟

---

① 黄香石先生培芳:黄培芳(1778—1860),字子实,号香石,香山(今广东中山)人,嘉庆九年(1804)副贡,曾任乳源、陵水县教谕,官至肇庆府训导,封内阁中书衔,有《岭海楼诗钞》《粤岳山人稿三种》等。
② 广文:教谕别称。
③ 出云肤寸:小空间能兴云致雨。出自《春秋公羊传》。肤、寸,古代长度单位,四指宽为肤,一指宽为寸,比喻极小或极少。借指下雨前逐渐集合的云气。

龙得。[一]中年凫飞岭海间,帆将渡海云还山。[二]侧身西望忽不乐,岭梅恨隔山头关。繁华阅遍才先敛,厌看蓬莱水清浅。珠江江上十幅蒲,欲借轻风夜吹转。惟有诗名不可收,装成大卷压床头。[三]索取一编尽日读,慨然感我平生游。读诗未竟投一画,画出千山立天外。山中白云深复深,知是黔西楚南界。此山此云我亦识,仿佛峨眉之巅瞿塘侧。夜郎本与僰道通,石气天光浑一色。恨我离家十年余,猿鹤朝朝怨行客。我倘能归渝水东,君亦高揽红崖峰。双帆并举决云去,安知不能直排阊阖风。不然各向山巅抱云卧,镇日吟啸殊从容。胡为乎白云在天帆在水,相望遥遥七千里。有田不归云亦愁,扬帆尚待秋风起。况复荆榛遍家山,欲画岂能穷一纸。掩君此画咏君诗,我含乡泪挥不已。君今归兮奉高堂,我今奉母留炎方。公膳幸可洁晨夕,无那故园松楸荒。卅年奔走几万里,西飞白日何茫茫。昔闻坡公誓江水,此语由衷非疏狂。马前旌旄是何物,心如帆影随风飏。呜呼!心如帆影随风飏,谁其知之?南海之神广利王。[四]

【江注】[一]北上过洞庭,覆舟,诗稿尽没于水。

[二]迁儋州牧,未行,尊甫①先生已归里。

[三]时刻《岭南草》初成。

[四]诗成于波罗庙下。

【旧评】眉君云,如海之情,如潮之笔,唾壶在案,读竟击碎。

兰甫云,此评已得其妙。

---

① 尊甫:敬称他人父亲。

送柏雨田①中丞述职入都,即和其留别原韵四首

其 一

百粤卿云仰廿年,忆随舟楫鹤楼边。[一]
来时岭树萦红斾,去日溪荷满绿钱。
趋阙喜循三楚近,[二]酬恩肯慕二疏贤。
江波海水遥遥接,映入征帆旭照鲜。

【江注】[一] 道光戊申(1848),中丞由叙州守观察全粤粮储。时霖出守惠州,舟次汉江,即望见旌旗,相随度岭。
[二] 驿路改由湖南北。

其 二

青天独振凤鸾声,荐牍传来协众评。
清到出山泉不滓,猛能锄莠谷方生。
春雷动物无恩怨,霁月当空见性情。
莫讶九重迁拜②速,南中草木尽知名。

其 三

戎幄韬钤③静主持,狂澜力障欲东之。

---

① 柏雨田:柏贵(?—1859),额哲忒氏,字雨田,蒙古正黄旗人,嘉庆二十四年(1819)举人,咸丰三年(1853)任广东巡抚,后署理两广总督。
② 迁拜:授予递升之新官职。
③ 韬钤:古代兵书《六韬》《玉钤篇》的合称,借指兵书、谋略。

楼头传箭飞书夜，郭外鸣笳破阵时。[一]
下濑船多蛮并吓，[二]背嵬军壮贼皆知。[三]
请看元老筹边略，事纵艰难信可为。

【江注】[一] 甲寅（1854）秋，贼逼省垣，中丞与汉阳使相日夜登镇海楼运筹督战。

[二] 舟师歼贼后，夷人愈慑。

[三] 标下兵以抬枪著名，群贼惮之。

其　四

亭敞春熙对碧流，[一]鸣珂①欲去且勾留。
旧栽柳树频揩眼，[二]新茁兰芽也并头。[三]
舆颂②合传诗百幅，天颜喜近月三秋。
苍生盼到回帆日，定唱铙歌拥画舟。

【江注】[一] 藩署春熙亭，经中丞重建，凿双池于亭之左右。

[二] 所种柳四株，近日高可覆屋。临行，屡叹赏之。

[三] 霖饯中丞于春熙亭，前数日亭中盆兰有同心并蒂之瑞。

感　事

千寻铁锁大江滨，百粤东西此要津。

---

① 鸣珂：显贵者所乘马以玉为饰，行则作响。
② 舆颂：民众的议论。

谁遣建瓴全失势，痛陈曲突①岂无人。
横流竟恐连沧海，抱火愁看厝积薪②。
太息戎帷参佐客，误将同室作乡邻。

【旧评】眉君云，慷慨悲切。

戊午(1858)七月二日，暑病小愈，由肇庆③趋赴惠州，途中书事五首

其 一

端州④城外角声孤，江上新秋病欲苏。
壮士投戈休洒泪，古来哀怨起苍梧。

其 二

江水无波静碧流，春前欲雨几绸缪。
行人莫问西征事，自有长城捍此州。

其 三

人人尽识故将军，小队弓刀迓里门。

---

① 曲突：曲突徙薪，把烟囱改建成弯的，把灶旁的柴草先搬走。比喻事先采取措施，防止危险发生。出自《汉书·霍光传》。
② 抱火愁看厝积薪：厝火积薪，把火放在柴堆下面，比喻潜伏着很大的危险。出自《汉书·贾谊传》。
③ 肇庆：位于广东中西部，西江中下游。
④ 端州：广东肇庆旧称。

信是丰年乡社好,江村东去接仙村。[一]

【江注】[一] 自番禺江村登陆,至增城仙村登舟,沿途团约①均有练丁迎送。

其 四

瓦瓶当午自烹茶,果榼②饴盘聚几家。
笑献使君留小憩,榕阴坐看稻扬花。[一]

【江注】[一] 村农收获者多见余或跪献茶果,与之值,坚不受也。

其 五

野人相见总相亲,百里衣冠拥后尘。
惭愧广州空运甓③,此生只合作劳人。

重到惠州作四首

其 一

海风吹涛飞,一喷无涯涘④。言从西江来,又泛东江水。清晨发仙村,买舟顿行李。三日困篮舆,开帆僮仆喜⑤。打鼓兼鸣钲,众桡随波起。舟子前致辞:"帆高勿轻驶。风雨来无

---

① 团约:团练头目。类称奉官命在乡里管事之人为乡约。约,约束,喻管事者。
② 榼:盛酒或贮水的器具,泛指盒一类的器物。
③ 运甓:指因立志建功立业而勤勉自励。出自《晋书》。
④ 涯涘:水边,岸,引申为尽头。
⑤ 喜:《梦甦斋诗集》作"善",误。

端，行行宜暂止。[一]莫嫌村醪薄，试馔江鱼美。"病躯闻此言，拊床动食指。[二]饥怀慰老饕①，浪迹感游子。八年望循州，此行如归里。推篷一纵目，江山尚如此。

【江注】[一] 是日三次避雨泊舟。

[二] 卧病两月，至是得东江鲫鱼，始进饭一瓯。

【旧评】眉君云，意境深邃。

其 二

江山尚如此，晓日严城开。大旗风猎猎，树拥城边台。忆昔执枹鼓，登城辟蒿莱。基扃幸牢固，楼橹仍崔嵬。岂无狐鼠窥，保障资群材。[一]此邦盛衣冠，相待北城隈。登舟各问讯，似见乡人回。惊我容色瘦，悼我鬓毛摧。数我颔下髭，几茎霜色揩。海南苦瘴疠，羊城多虎豸②。事往不堪述，劫火今成灰。怀哉杜陵翁，几年贼中来。

【江注】[一] 四年贼起，时城郭新完，官绅藉资守御。

【旧评】眉君云，前首云"此行如归里"，此首云"似见乡人回"。官民相亲至此，我目见之。

兰甫云，此首起四语写重到，情景如绘。"登舟"以下，真朴醇至，公之遗爱在人，亦于此见之矣。

---

① 老饕：极能饮食者。
② 羊城多虎豸：指江国霖咸丰八年（1858）六月"因人言落职（署理广东巡抚)"事。

其 三

两水间双城，亘以东新桥①。阛阓②连江开，势极沧波遥。土音杂五方，喧豗③暮达朝。胡为空衢巷，相聚如观潮。东市彩胜悬，西市栴檀④烧。或注清泉供，或以明镜标。向我多膜拜，爆竹声欢呶⑤。对此能无愧，赭汗⑥洒征袍。有叟曳杖来，喁喁语其曹："是我前太守，官此亦云劳。去时盛壮年，望之攀云霄。万家安枕夜，梦醒怀旌旄。今胡得见之，释此心忉忉⑦。"更有贤主人，馆我濒江皋。重结坡公邻，白鹤寻其巢。[一]地旷秋气侵，幸对明月高。

【江注】［一］时假馆于白鹤峰。

【旧评】眉君云，"有叟"一段，措⑧语浑融，煞费苦心。

其 四

盈盈一渠水，自湖入西郭。曲折趋南关，宛如蛇赴壑。昔我疏浚时，因尔民欢乐。果然大吉祥，青云见一鹗。[一]湖水终古深，

---

① 东新桥：《梦甦斋诗集》作"束新桥"，误。
② 阛阓：街市，街道。借指店铺、商业。
③ 喧豗：喧闹之声。
④ 栴檀：也作旃檀，香木名。指檀香。
⑤ 呶：喧闹，喧哗。
⑥ 赭汗：面红流汗。
⑦ 忉忉：忧虑的样子。
⑧ 措：《梦甦斋诗集》作"惜"，误。

此渠常不涸。既备昆冈①炎,[二]兼资行潦酌。南闸谨蓄泄,道人无忘约。[三]渠中印山碑,是我去时凿。山边柳十株,种时一枝削。我去柳成阴,绕碑如罗幕。风景岂或殊,俯仰今犹昨。翻笑丁令威②,归来已化鹤。

【江注】[一] 土人云,百官池水淤五十余年,城中遂无甲榜。余己酉(1849)夏乘郡人赛会时,属李辉山③孝廉醵得千二百金浚通之。次年庚戌(1850),辉山遂隽春闱,签掣兵曹。

[二] 戊申(1848)冬,郡城火灾,以无蓄水不能救。

[三] 置闸蓄水,当日限有尺寸,以钟楼道士主之。

【旧评】眉君云,情深文明,风格益觉道上。

兰甫云,惟④其情深,故神气俱足。

自题《鹤峰秋眺图》三首

其 一

行滕忽又寄斯亭,爱傍坡仙昼启扃。
江水滔滔人不见,一声鹤唳万峰青。

---

① 昆冈:"火炎昆冈,玉石俱焚。"出自《书·胤征》。昆冈,昆仑山。
② 丁令威:神话传说中的人物。曾学道于灵墟山,成仙后化为鹤,飞回故里,站在一华表上高唱:"有鸟有鸟丁令威,去家千年今始归,城郭如故人民非,何不学仙冢累累。"出自陶渊明《搜神后记》。
③ 李辉山:李可琳,号辉珊,归善(今广东惠州惠阳)人,道光三十年(1850)进士,曾官兵部主事。
④ 惟:《梦觇斋诗集》作"情",误。

其 二

八年前写壮游图,按剑披襟气概粗。
今日自临秋水照,病容憔悴老潜夫。

其 三

城上西风渐渐寒,海天秋色望中宽。
何人击楫沧江去,短发萧骚独倚栏。

【旧评】眉君云,沉浑。
兰甫云,七绝沉浑最难,此盛唐境界。若渔洋神韵摹仿,易易耳。

旅居见月[一]

千里浈江月,流光入惠城。
遥知亲舍冷,愁对酒杯倾。[二]
间道①书犹滞,中年感易生。
素娥如恨别,不似昨宵明。

【江注】[一] 八月十七夜。
[二] 太夫人寓居韶城。

【旧评】眉君云,深挚。

---

① 间道:偏僻的小路。

兰甫云,清真所谓四十贤人①也。

得定儿韶州②书,闻第三女南秀凶耗,诗以哭之五首

其 一

晓夜望家书,得书意忽乱。开缄无汝名,初疑两眸眩。把书出檐端,眼明泪如线。上言汝病状,伏暑炎威煽。下言汝殁时,孟秋月方半。是时盛盂兰,魂逐风灯散。惜哉洈水波,不过循州岸。他乡各千里,何由晤汝面。伤心左家娇③,昙花空一见。

其 二

忆汝初生时,我方使江南。汝以"阿南"名,祝汝随征骖。携汝到武昌,江头橘柚甘。载汝过岭表,梅花春信探。汝母提抱汝,慰情似生男。相随渡琼海,相对人影三。颇学母烹饪,薪爨④亦粗谙。种竹兼灌花,助我举筠篮。官斋苦无事,诵诗日喃喃。南行计十载,明珠掌上拈。去年送汝北,我怀已不堪。

【旧评】眉君云,一路直叙,至末一折,语峭而哀。

---

① 四十贤人:晚唐诗人刘昭禹曰:"五律一首,如四十贤人,其中着一屠沽儿不得。"出自清袁枚《随园诗话》卷二。
② 韶州:今广东韶关。地处五岭山脉南麓,北江中上游地区。
③ 左家娇:西晋诗人左思《娇女诗》:"吾家有娇女,皎皎颇白皙。"指美丽可爱的少女。
④ 薪爨:柴火,烧火。借指烹饪。

其 三

北去夫如何？举家之韶城。生当乱离日，谁能计死生。大母①最怜汝，携汝立中庭。牵衣一回顾，有泪不敢倾。北风何凄凛，送汝孤帆行。去时岁云暮，书回已春正。观汝书中意，似有涕纵横。运笔颇庄秀，楷法胜阿兄。藉汝励兄学，拟以大家[一]名。当时爱女意，何殊爱男情。汝书犹在箧，汝胡归瑶京？

【江注】［一］音姑。

【旧评】眉君云，愈琐细愈沉痛，几于一字一泪。

兰甫云，"生当乱离"二语，虽老杜操笔，不过如此。

其 四

汝病在何日，我时西出师。西师方奏捷，暑病忽阽危②。小愈趋东江，远在海之涯。我病汝不识，汝病吾讯谁？闻汝属纩③日，正我到循时。循州汝旧居，魂梦了不知。今秋嗟死别，去腊已生离。只此一寸心，那禁重重悲。

其 五

举家又南来，看汝一棺去。生不到蜀中，焉识西归路。渺渺巫峡云，遥遥洞庭树。水深蛟龙恶，弱魂岂飞渡。纵能还家

---

① 大母：奶奶。
② 阽危：面临危险。
③ 属纩：古代在人临终前，用新丝絮放其口鼻上，试看是否有气息。指临终。纩，新丝絮。

山，满目人非故。汝惟识大姊，宿草已盈墓。[一]更有阿姨坟，累累松林护。汝归幸不孤，相看草头露。泉下共提携，是汝安乐处。莫再入轮回，又使爷娘误。

【江注】[一] 长女阿玉，辛亥(1851)没于羊城，癸丑(1853)春归葬。

【旧评】眉君云，此首俱作痴想呆语，更觉不忍卒读。

兰甫云，鲰生①尤不忍卒读，读之不禁泣下，以触丧明之痛②故也。

闻太夫人自韶移寓佛山为定儿娶妇

白头堂上笑开眉，兰砌新添连理枝。
八口尚无安宅计，一樽犹似太平时。
痴聋已被世人笑，灾难须教儿辈知。
归去板舆欣再御，后游应与向禽③期。

【旧评】眉君云，三④、四悲慨，第六句尤征阅历。

自白鹤峰移居郡城银冈岭

东坡来惠州，初寓合江楼。一年家水东，一年鹤峰头。所

---

① 鲰生：浅薄愚陋之人。出自《史记·项羽本纪》。亦为自称的谦词，犹小生。
② 丧明之痛：本意为眼睛失明。子夏子死，眼睛哭瞎，后指丧子之痛。出自《礼记·檀弓上》。
③ 向禽：向长平和禽庆。向长平隐居不仕，与同好北海禽庆俱游五岳名山，竟不知所踪。出自《后汉书·逸民传》。后以指代隐士之志。
④ 三：《梦甦斋诗集》作"第"，误。

居各有诗,爪雪皆可求。我今亦寓公,诗谶十年留。[一]即此识定分,得失何怨尤。三月两移居,一身如浮鸥。大鹏六月息,此亦逍遥游。

【江注】[一] 余到惠时,郡人皆来慰藉。一秀才云:"公昔年《江山亭》诗云'先后偕来作寓公'①,即谶语也。"余大然之。

【旧评】 兰甫云,"得失何怨尤",更见学养兼到。

由惠州归佛山新寓

又挂征帆出惠阳,菊花开遍渐惊霜。
一盘棋散秋风冷,千里书回古戍荒。
我到无官亲转慰,时方多难路逾长。
此行浑似闲云去,笑对罗浮自举觞。

【旧评】 兰甫云,五、六情理俱深,真诗人之笔也。

---

① 先后偕来作寓公:江国霖《郡署东偏新构江山一览亭落成,同人宴集,作诗纪事》诗中句。

卷七　海上寓公草[①]

有招饮而谓闻余素性不饮者，笑而赋此二首

其　一

杯酒岂关情厚薄，谓余不饮却非情。
杜门我任悠悠口，珍重当途月旦评[②]。

其　二

少年意气薄元龙[③]，坐上清樽未许空。
今日酒徒名亦减，可怜才尽累文通。

[①] 按：咸丰十年庚申（1860），江国霖族侄江都炳整理挑选江国霖咸丰八年戊午（1858）六月罢官后寓居惠州、佛山、广州部分遗稿，计诗46首，附词1首，集为一卷，名《海上寓公草》。

[②] 月旦评：东汉末年汝南郡人许劭兄弟主持的对当代人物或诗文字画等品评、褒贬的一项活动，常在每月初一发表，故称"月旦评"或者"月旦品"。无论是谁，一经品题，身价百倍，世俗流传，以为美谈。

[③] 元龙：陈登（163—201），字元龙，下邳淮浦（今江苏涟水西）人。东汉末年将领。自卧大床，让客人睡下床。后以元龙高卧喻对客人怠慢。出自《三国志·魏书·陈登传》。

读朱眉君鉴成北征、南征、都门诸集，为题长篇于后

我晤眉君面，如见眉君诗。天风海水喷胸臆，美酒百尊酣醉时。我读眉君①诗，如共眉君话。十石强弓谈笑开，拔剑高歌天宇隘。三峨矗立江水横，眉君坐啸殊无朋。东洲②老笔最坚瘦，一朝发尔噌吰③声。长安贵游盛车马，眉君遇之才斯下。就中磊落三五人，略许叩门说风雅。蜀士今闻李范赵，[一]眉君夸其诗笔好。琅琅都门酬唱篇，画角清钟竞霜晓。见辄痛饮吟辄豪，如斯欢会从前少。客居忽不乐，仗剑之炎洲。泰山初日荡双眸，大河横过轻如鸥。西子湖边杨柳醉，富春江上琵琶愁。联镳草檄枚马邹④，金符玉节相谘谋。亦闲亦壮君之游，故应有奇诗必搜。解衣乃在循之合江楼，坡仙大笑东家丘⑤。我时去官百事懒，未肯敲人铁门限⑥。逡巡百日始见君，剪烛谈深酒杯浅。可惜君来时，海国风涛多。五羊仙人不可见，城垣白日游蛟鼍。豢之驱之两无术，太息曩者乖人和。君过珠江问劫火，定应叱咤成悲歌。我游粤中今一纪，百事盈亏付流水。但愁西鄙尚荆榛，

---

① 君：《梦甦斋诗集》作"吾"，误。
② 东洲：何绍基（1799—1873），字子贞，号东洲居士，道州（今湖南永州道县）人，道光十六年（1836）进士，曾官四川学政，有《东洲草堂诗集》《东洲草堂文钞》《东洲草堂金石跋》等，经史、书法、诗词均有较大影响。
③ 噌吰：形容钟声洪亮。
④ 枚马邹：西汉文学家枚乘、司马相如、邹阳。
⑤ 东家丘：孔子名丘，西邻不知其才学出众，蔑称"东家丘"。指对人缺乏认识和了解。
⑥ 铁门限：门限包铁。此处意为豪门高第。

不信南交①多薏苡②。循州之来偶然耳,得读君诗差自喜,手钞须买洛阳纸③。更欲因君问乡人,如此才笔今复几?

【江注】［一］李眉生兵部④、李六容仪部⑤、范雪卿侍御、赵元卿比部。

【旧评】 眉君云,鲸鸣潮涌,外观赫也,中多悱恻深微。有夜得一士、旦而告人之意。惜小生不足当耳。

兰甫云,前似少陵,后似太白,故有鲸鸣潮涌之观。

己未(1859)四月朔⑥,晓睡未起,梦人持示一纸,大书"甦"字,豁然而醒。夫"甦"者,更生也。然则余其不久困夫?遂以"梦甦"名斋,作诗记之

人生忧患中,百变攻其躯。多病如多口,其来常不虞。所以古贤达,早夜心瞿瞿⑦。万虑相震撼,形销神欲枯。魑魅忽

---

① 南交:交趾,古地区名,泛指五岭以南。
② 薏苡:薏苡之谤。出自《后汉书·马援列传》:汉伏波将军马援从南方运来薏苡,在其死后被进谗之人说成明珠,以致其和妻儿蒙冤。后以喻被人诬陷,蒙受冤屈。
③ 洛阳纸:晋代左思《三都赋》写成后,洛阳许多人竞相传写,引起纸价上涨。后常用洛阳纸贵称誉某种著作流传很广。
④ 李眉生兵部:李眉生,名鸿裔,一字香严,四川中江人,由拔萃科中顺天己亥榜,曾任兵部主事,官至江苏按察使。
⑤ 李六容仪部:李榕(1819—1890),原名甲先,字申夫,号六容,通籍后改名榕,剑州(今四川剑阁)人,咸丰二年(1852)进士,官至湖南布政史,有《十三峰书屋全集》等。
⑥ 朔:朔日,农历每月初一。
⑦ 瞿瞿:惊视不安貌。

然散,帝曰尔其甦。[一]巫阳①招我魂,趾离②示我途。维时四月朔,告我吉祥符。夙昔诸尘垢,一一为扫除。金丹换我骨,玉液泽我肤。放眼天地宽,举步风云扶。不闻衙鼓催,且无缨冕拘。吟诗日百韵,饮酒旬千壶。偶然学逃禅,亦复见真如。遂以"梦甦"字,制榜颜我庐。莫学刘更生③,忧时仍上书。

【江注】[一]"甦"字今韵不收,按《韵会》④"苏"俗作"甦",故依"苏"字入虞韵。

【旧评】眉君云,"多病如多口",名理谈独到。

兰甫云,一结尤妙,如画龙点睛。

答眉君并贻酒二瓮,系以小诗

海天烽火一闲身,草草移家又送春。[一]
九十日中酣醉客,七千里外望归人。
抱书欲向青山去,揽镜惊添白发新。
寄语倦游苏季子,酒船分到莫愁贫。

【江注】[一]是日立春。

【旧评】兰甫云,诗境在苏、陆⑤之间,纯熟之极。

---

① 巫阳:巫彭,中国古代神话传说中的神医,有不死药。
② 趾离:传说中的梦神。
③ 刘更生:刘向(约前77—前6),原名更生,沛县(今属江苏)人。西汉经学家、目录学家、文学家。散文主要为奏疏等。
④ 韵会:《古今韵会》,韵书,元黄公绍编。
⑤ 苏陆:苏轼、陆游。

湖上喜雨[一]

热风吹空庭,尘昏欲作雾。江上朝阳来,红入湖边树。低田枕长堤,荒荒草塞路。三月旱不雨,水枯泣涸鲋①。使君为民祈,精诚通旦暮。真宰顾而嘻,代叩阊阖诉。急召阿香车,天瓢倾如注。波心万弩飞,水底千蛙怒。湖光翻白云,横拖匹练素。渔唱间农歌,声满村前渡。斯须水平堤,奔泷②成瀑布。遥看点翠洲,[二]已下双白鹭。

【江注】[一] 惠州作。

[二] 湖中洲名。

【旧评】眉君云,写景奇丽,有熊熊之光。

兰甫云,结句神似东坡。

余去惠十年矣。戊午(1858)罢官,后应赴制府③行辕,仲秋来此,两城商民妇孺无不焚香迎拜,绅耆数十人各馈酒食,余甚愧之。今夏重来,七营军士复有牌伞衣冠之献。感赋二律,谢我惠人

其 一

近闻箫鼓动连村,绿酒朱幡昼拥门。

---

① 涸鲋:涸辙之鲋,干涸车辙里的鲫鱼,喻指处境艰难。出自《庄子·外物》。
② 泷:急流。
③ 制府:总督尊称。咸丰八年(1858)冬,黄宗汉(1803—1864)为钦差大臣补两广总督,兼通商大臣,主持两广军政事务,驻惠州。

湖上好山留白傅①,^[一]营前衰柳感桓温②。^[二]

十年喜共遗民话,三代犹征直道存。

我已樗材③甘废放,匆匆此地究何恩?

【江注】［一］时寓丰湖僧院。

［二］余手植印山柳,近年高可覆屋。

其 二

去时江上听舆歌,旧地重来感慨多。

父老但知人有绔④,阶庭谁意海扬波。

共看明月长如此,且酌贪泉⑤试若何。

世味略尝心早定,中宵起步览星河。

【旧评】眉君云,纯是真气喷溢。"明月"一联,更属化工。

兰甫云,真气喷溢,而神味仍复深厚。

丰湖夜泛

凉月出湖心,照客登扁舟。停舟月傍棹,推篷月当头。雨歇湖气润,草露光欲流。柳堤不知远,深火藏渔篝。一篙蹙微澜,

---

① 白傅:白居易,晚年曾官至太子少傅。
② 桓温(312—373):字元子,谯国龙亢(今安徽怀远)人,东晋政治家、军事家,权臣。
③ 樗材:臭椿,喻无用之才。多用为谦词。
④ 有绔:出自《后汉书·廉范传》。后用以称颂地方官吏施行善政。
⑤ 贪泉:泉名,在广东南海。传说人饮其水起贪心,即廉士亦贪。出自《晋书·良吏传·吴隐之》。

晃漾双晶球。径过西新桥,如穿洞壑幽。塔影卧波底,势与桥沉浮。携僧上水亭,茶话聊相酬。水光白如雾,人影清于鸥。凉风振衣袂,吾将挹浮丘。浩然四顾望,此身真一沤。忽闻钟磬音,兰若西南陬。欲往叩灵扃,夜寒不可留。回舟傍前山,草虫声已秋。

【旧评】眉君云,常谓此诗神似坡仙。蜀人岂必学苏?山川亭毒①,同自不期类而类耳。

兰甫云,写难写之景,画所不到。

谢悟庵禅师赠罗浮云雾茶

老衲来自罗浮山,身披香雾云两肩。云兮雾兮归何处?但觉山翠浮禅关。手启筠篮致箬裹,贻我茗芽香盈盘。云是冲虚观上飞云顶,朱明曜真之洞天。初日照山孕阳气,岚雾蒸遍云液干。仙人饱食黄精饭,睡余手剪青琅玕。佛踪岩前掬白水,瀹②此一瓯神洒然。笑我频年啖苦荬,时人疑是明珠圆③。椰浆蒟酱不可食,坐对秋雨愁蛮烟。劝我烹此解渴吻,白鹤峰头汲冰湍。师乎语我意良厚,我心古井无波澜。穿云未踏铁桥锁,坐月曾闻木樨禅。罗浮春好饮欲醉,为置瓶碗松风前。

---

① 亭毒:养育,化育。出自《老子》第五十一章:"长之育之,亭之毒之,养之覆之。"
② 瀹:烹煮。
③ 笑我频年啖苦荬,时人疑是明珠圆:为江国霖"因人言落职"自辩之语。苦荬,即蕒苢。参见本书卷七《读朱眉君鉴成北征、南征、都门诸集,为题长篇于后》之"蕒苢"注及卷六《重到惠州作四首》其三之"羊城多虎豹"注。

【旧评】眉君云，力量充厚，不负此题。

兰甫云，此尤神似坡仙。

题朱眉君《烟花如意图》[一]六首

【江注】[一] 图作于富春江①上。

其 一

眉山才子妙无双，醉倒西湖气未降。
只惜扬州三月暮，匆匆一棹渡春江。

其 二

飞花着体腻无声，只当烟云过眼轻。
船头②金华莫惆怅，九龙明日看山行。[一]

【江注】[一] 金华山中竹轿名九条龙。

其 三

何处花时不到来，迷离烟景道旁猜。
海珠台畔灯铺艇，[一]认得诗人扶醉回。

【江注】[一] 珠江灯铺艇，为冶游者晏宿之区。

---

① 富春江：位于浙江中部，流贯桐庐、富阳。
② 头：仄读，豆声。

其 四

事逢如意意云何，妒煞才人艳福多。
老抱羁愁苏学士①，铜琵铁板自高歌。

其 五

写生无地买胭脂，零落吾乡老画师。[一]
剩有萧郎才笔好，花田秋夜谱新词。[二]

【江注】[一] 嘱田石友另写一图为赠，而石友昨忽下世。

[二] 萧榄轩②所题《贺新郎》一阕甚佳。

【旧评】兰甫云，置之白石道人③集中，几不可辨。

其 六

披图我亦感茫茫，花信蹉跎两鬓霜。
不是诗怀今冷落，十年人事几沧桑。[一]

【江注】[一] 余在粤中十二年矣。

---

① 苏学士：苏轼，曾任翰林学士。
② 萧榄轩：萧谏，字榄轩，原籍浙江，占籍番禺（今隶广东）。为国子监生，工诗擅书，下笔有潇洒出尘之致。张维屏称其"不可无一，不能有二"。同治《番禺县志》卷四十七有传。有《务时敏斋诗集》。
③ 白石道人：南宋文学家、音乐家姜夔，号白石道人，有《白石道人诗集》《白石道人歌曲》等。

己未（1859）中秋后，连日与眉君光禄、兰汀①大使、麟士观察②、小琴通守晏集长寿禅院之半帆亭，时成长老初主此院法席，因以为赠

客子吟秋少定踪，偶然禅榻聚萍蓬。
渊明入社仍携酒，白傅登山欲拜松。
万柳条风半帆雨，满帘桄月一楼钟。
尘根到此真清净，愿向南宗认北宗。

【旧评】兰甫云，五、六句法奇创，兴会淋漓。

九日成长老招集半帆亭，叠前韵奉赠

莫询海上旧游踪，雨覆云翻类转蓬。
人事十年鸿踏雪，僧房一榻鹤巢松。[一]
菊花能劝千杯酒，贝叶来听半夜钟。
我是寓公公寓我，从今低首拜禅宗。

【江注】[一] 时借榻方丈之悟石轩。

---

① 兰汀：王家齐，字兰汀，金华（今属浙江）人，广东盐场大使，有《松石斋诗集》《松石斋诗续集》。
② 麟士观察：俞文诏，字麟士，号抑翁，江西婺源人，官至建昌上南道道员兼成龙绵茂兵备道，署四川按察使、护理布政史，有《蛰庐遗集》。观察，道员雅称。

九日集长寿禅林，许小琴通守以《丁亥（1827）九日欧①湖泛舟图》属题，即和黄左田②先生原韵二首

其 一

佳节无诗兴不豪，闲凭佛阁当登高。
秋深古树黄三径，潮涨新池绿半篙。
篱外有人来送菊，坐间无典可征糕③。
尽教沉醉西风里，岂道吾生作吏饕。

其 二

尚书逸兴托云峦，三十年来迹未芟。[一]
老笔留题偏妩媚，和章搜韵费雕镌。[二]
谁能觞咏陪双屐，不负溪山借一帆。
前辈流风君记取，回看宦海总尘凡。

【江注】[一]卷中左田先生首唱。

---

① 欧：疑"鸥"刻误。
② 黄左田：黄钺（1750—1841），字左田、左军，一作左君，号壹斋，晚年自号盲左，当涂（今隶安徽）人，乾隆五十五年（1790）进士，官至礼部尚书、军机大臣、户部尚书，工书画，有《两朝恩赉记》《泛桨录》《游黄山记》《壹斋诗集》等。
③ 征糕：指刘郎题糕典故。据说唐诗人刘禹锡一次作诗时拟用"糕"字，但经典上无此字，便弃用。征，引用。

[二]祁淳圃①先生以下和韵诗各出新意。

【旧评】兰甫云,和韵诗字字稳惬,是工夫纯熟处。"秋深"二句,尤秀韵天成。

送朱眉君随其兄小封②明府泛海之官琼南

漫将琴剑老诸侯,[一]澹荡心情海上鸥。
牛斗欲从查客③问,儋雷④旧是蜀人游。
身凌壶峤⑤怀逾壮,地入炎荒气不秋。
棠舍⑥埙篪⑦有同调,那须南去更登楼。

【江注】[一]眉君随制府幕来粤。

【旧评】兰甫云,第六句确是琼南。

附:《满江红》词一首

余生四十九年,未习长短句。己未(1859)秋,眉君将泛

---

① 祁淳圃:祁寯藻(1793—1866),字叔颖,一字淳圃、实圃,寿阳(今隶山西晋中)人,嘉庆十九年(1814)进士,官至军机大臣、体仁阁大学士、户部尚书,谥文端,有《祁寯藻集》等。
② 小封:朱钜成,字小封,四川富顺人,兴文籍,道光二十四年(1844)举人,任广东文昌(今隶海南)知县,有《小封诗集》《端本阁诗文集》等。
③ 查客:槎客,乘槎泛天河的人。出自西晋张华《博物志》。
④ 儋雷:儋州、雷州。
⑤ 壶峤:传说中的仙山方壶、员峤的并称。
⑥ 棠舍:棠棣。《诗经·小雅·常棣》是一首申述兄弟应该互相友爱的诗。喻指兄弟。
⑦ 埙篪:埙、篪皆古代乐器,二者合奏时声音相应和。埙篪相应,喻兄弟朋友亲密和睦。

海之琼,别时纵谈及词律,因试作此阕以赠其行,未知于节拍有合否也。

万里长风,吹不转、青天碧海。南望去、紫澜飞涌,中流船在。闻说鲲鹏能变化,鳞而①乍见生光彩。问古来、铜柱与珠崖,何曾改。　　登西华,心犹倍。浮东浙,人难待。算年来游历,此番潇洒。须斫珊枝成笔架,题诗未遍归应悔。较大苏、居住海南村,谁千载。

珠江即目

朱楼粉堞已飞灰,野草茸茸瓦砾堆。
惟有蜑娘双桨②艇,日斜犹聚海珠台。

【旧评】兰甫云,与唐人"山围故国③"一章绝相似,而情景尤为逼真。

题恒子久榷使祺④《驭马图》,即送其入都

国初开疆重鞍马,英风远肇鸭绿江。高句骊国一箭定,克

---

① 而:胡须,颊毛。
② 桨:《梦甦斋诗集》作"浆",误。
③ 山围故国:唐诗人刘禹锡《石头城》有"山围故国周遭在,雨打空城寂寞回"句。
④ 恒子久榷使祺:恒祺(？—1866),伊尔根觉罗氏,内务府满洲正白旗人,咸丰四年(1854)任粤海关监督,官至内阁大学士兼礼部侍郎、刑部右侍郎,署镶白旗满洲副都统,左翼总兵,八旗新旧营房大臣。榷使,清代钞关监督、盐转运使等官职的别称。

勒名传礼亲王。大白小白六龙御，其余万匹皆腾骧。周室材多竞置①兔，人人善驾真乘黄。子久榷使来粤久，海壖旌旆何飞扬。骑鲸网鳄自有术，牢笼异类施辔缰。以此识力选神骏，独将短鞚驱长杨②。袴褶腰鞬好身手，一鞭何处开猎场。想见秋高木兰塞，边树叶脱天苍苍。惊沙扑面一骑出，飞鹰落雁相回翔。岭南何从见此景，此马独立鸣声长。榷使据鞍识马意，图作并州健儿装。精神尽从尺幅现，马力腾踏人轩昂。谨操衔勒戒稍纵，所驭诚远非外强。即今揽辔还金阙，早朝应听銮声锵。呜呼，安得早朝同听銮声锵，马兮伏枥马斯臧。

【旧评】兰甫云，起句雄直，有老杜神力。中间开合操纵，圆转自如。一结尤有远神。

题阎立本③《秋岭归云图》

苔纹如绣树如栉，千二百年见此笔。此图传自贞观④初，历宋元明绢犹湿。一重云掩一重山，人家近住云中间。云出欲拥山家去，云归又送山人还。山人所居何清旷，板桥红栏接层嶂。此地宜招黄绮俦，所思应在葛怀上。丹枫未落山已秋，闲云无用合归休。别有天策诸学士，再乞右相图瀛洲。

---

① 置：捕兔的网。泛指捕鸟兽的网。
② 长杨：古宫名，内有射熊馆，秦汉时为帝王游猎之所。
③ 阎立本（601—673）：唐宰相、画家，代表作有《步辇图》《历代帝王图》等。
④ 贞观：唐太宗年号。

【旧评】兰甫云，起句亦精妙，亦坚苍，可谓双管齐下。后半首写感慨，仍切定阎画，一笔不苟。

仲冬十二日，麟洲前辈①邀同俞麟士文诏观察、孔怀民广镛②侍读游邓氏杏林庄，适余病不能赴，以诗奉寄二首

其 一

珠海西头小邓林，[一]天寒诗侣尚招寻。
米家书画一船载③，[二]陶令菊松三径深。
笔退更愁文有债，身闲无那病常侵。
未能携酒从君去，斜日空斋独起吟。

【江注】[一] 麟洲前辈新题三字额。
[二] 三君朝夕过从，评鉴晋唐人名迹。

其 二

闻道园花不易栽，[一]花时游屐满苍苔。
江山几处余秋色，云水中间待酒杯。

---

① 麟洲前辈：蔡振武(1812—1869)，字宣之，号麟洲，仁和（今浙江杭州）人，道光十六年(1836)进士，曾任四川学政，官至广东肇罗道(治今肇庆)。
② 孔怀民广镛：孔广镛（1816—?），字厚昌，号怀民，广东南海（今隶佛山）人，道光二十四年（1844）举人，清藏书家，与弟同编《岳雪楼书画录》。
③ 米家书画一船载：米芾（1051—1107），字元章，祖居太原，北宋书法家、画家，与蔡襄、苏轼、黄庭坚合称"宋四家"。每出游则以船载书画自娱。

世事闲看宜独醉，我生如此幸无才。

明年探杏休重负，一叶扁舟好共来。

【江注】［一］羊城无杏花，此园之种自都中移至，故以名庄。

【旧评】 兰甫云，二诗澹宕夷犹，神韵独胜。其幽秀处不减樊榭①。

挽吕星田偭孙②同年[一]四首

【江注】［一］时权雷琼道，殁于海南。

其 一

一声风笛咽沧州，海上烟波特地愁。

中禁不归苏内翰③，[一]殊方竟死李崖州④。

何人轻授青囊药，此日相望白玉楼。

远宦原非迁谪苦，惜君三载上林游。

【江注】［一］星田由上书房改授外任。

---

① 樊榭：厉鹗（1692—1752），字太鸿，又字雄飞，号樊榭、南湖花隐等，钱塘（今浙江杭州）人，清代著名诗人、学者。
② 吕星田偭孙：吕偭孙（1811—1859），字元永，号星田，阳湖（今江苏常州）人，道光十八年（1838）进士，官至广东韶州知府、权雷琼道。
③ 苏内翰：苏轼。
④ 李崖州：李德裕（787—850），字文饶，小字台郎，赵郡赞皇（今隶河北）人。唐代政治家、文学家，晚年被贬崖州（今海南三亚）。

其 二

毗陵门第擅清华,谢凤荀龙①共一家。
几辈才名联蕊榜,[一]满庭秀色茁兰芽。[二]
海滨棠舍新成荫,[三]岭外荆枝并建芽。[四]
惊起人间春梦短,颠风折尽佛桑花。[五]

【江注】[一] 昆季五人,先后登科。

[二] 群从凡十五人。

[三] 年伯仲英②先生,曾守琼州。

[四] 尧仙中丞③,开府闽中。

[五] 昆季近皆殂谢。

其 三

星轺此地昔抡才,万里仍驱五马来。[一]
东观文章虚旧学,南中桃李识新栽。
重城警柝宵传箭,四扇严关昼数枚。
辛苦近臣甘外吏,时平已是二毛催。[二]

【江注】[一] 辛亥(1851)典试粤东,甲寅(1854)夏以郡守雷④,

---

① 谢凤荀龙:谢凤,南朝宋武帝赏叹谢朝宗殊有凤毛,灵运复出;荀龙,东汉荀淑有八子,时人谓之"八龙"。
② 仲英:吕子班(1782—1838),字仲英,阳湖(今江苏常州)人,嘉庆七年壬戌(1802)进士,曾官琼州、宁波知府,署宁绍台道,护理浙江海关。
③ 尧仙中丞:吕佺孙,字尧仙,道光十六年丙申(1836)进士,曾官四川按察史、贵州布政史、署巡抚、福建巡抚。精鉴赏,有《百砖考》。
④ 雷:《梦甦斋诗集》作"需",误。

次复来粤。

[二] 四年（1854），贼遍省垣。星田初至，以军令巡视两城。

其　四

茫茫身世几知音，一落风尘感不禁。

忆母哭兄双眼泪，[一]检书评画半生心。[二]

玉堂齿录君齐我，[三]琼海舆讴后视今。

手把招魂向空读，哀声进作水龙吟。

【江注】[一] 太夫人在堂。

[二] 所蓄名人书画最多。

[三] 余与星田同岁生。

【旧评】兰甫云，四诗极沉痛，亦极典切。第二首结句尤奇变，真神来之笔也。

谢聂亦峰明府尔康①赠老树香橙及橘念珠二首

香　橙

嘉品似江乡，秋原老树黄。

瑶华分旧雨，风味饱新霜。

缀叶盘堆碧，登筵酒酝香。

茫茫人海内，此意感承筐。

---

① 聂亦峰明府尔康：聂尔康（？—1872），字亦峰，湖南衡山人，咸丰二年（1852）进士，曾任广东石城、新会、南海、冈州、濂江、高凉、梅关等地知县，官至广东高州知府，候补道员。

橘念珠

夏果经秋熟,园官制特殊。
此材珍药笼,相赠抵明珠。
入掌星精聚,探怀桂子脭。
欲询橘中叟,时事记来无。

【旧评】兰甫云,结二句用典隽妙之极。咏物如此,不让查初白①也。

偶成嘲成长老

蒲团坐破几星霜,一院钟声送夕阳。
种罢梅花催灌竹,看来唯有老僧忙。

【旧评】兰甫云,可谓善戏谑矣。

得朱眉君海南书答诗代柬

别君已百日,思君隔千里。珠江潮水琼海通,朝来忽捧一双鲤。烹鲤何所得?闻君自述南溟游。南溟见水见天不见地,君乃视之如浮沤。[一]君昔所历遍九州,兹游直到天尽头。九州

---

① 查初白:查慎行(1650—1727),初名嗣琏,字夏重,号查田,后改名慎行,字悔余,号他山,晚年居于初白庵,故又称查初白。杭州府海宁花溪(今袁花镇)人,清代诗人、文学家。

置胸不觉隘,何况珠崖只称西南一大洲。莫搴珊瑚钩①,六鳌一掣波横流。莫把新诗向海读,我恐海若②闻之愁。自从两伏波渡海敲铜鼓,天吴③惊窜冯夷舞。后来吉阳一参军④、崖州一司户⑤,频年沉滞不得归,正坐海滨吟诗苦。君今本非漂泊人,[二]棣萼⑥联床秋复春。岭南觅得干净土,海外一州风独淳。阿兄种花君饮酒,相逢多是怀葛民。儋有桄榔庵,厥名肇东坡。我昔提师五月驻,峒黎椎结⑦歌铙歌。州人念我久瘴疠,寄声时问今如何。君若醉后有闲暇,为我一询春梦婆⑧。

【江注】［一］来书云海不过积水稍多之区耳。

［二］来书云到琼后见景象荒凉,始觉有漂泊意。

【旧评】 兰甫云,中间老怪陆离,是太白笔意,然放而能收,是善学太白处。篇末更酝酿深醇矣。

---

① 珊瑚钩:用珊瑚做的帐钩。比喻文章书画华丽珍贵。
② 海若:北海若,古代传说中的北海海神。
③ 天吴:古代传说中的水神,人面虎身。
④ 吉阳一参军:南宋宰相赵鼎贬吉阳军,一心为国,和权臣抗争,绝食明志。
⑤ 崖州一司户:唐宰相李德裕晚年被贬崖州司户。
⑥ 棣萼:比喻兄弟。
⑦ 椎结:椎髻,束发如椎。
⑧ 春梦婆:苏轼贬官于昌化时,于田间遇一老妇,对东坡说:"内翰昔日富贵,一场春梦。"邻里便称此老妇为"春梦婆"。后以春梦婆表示世事变化无常,虚幻不实。

送麟洲观察引见①入都四首

其 一

世路共风波,君行意若何。
好春来岭峤②,残雪尚关河。
圣代恩原重,中年感独多。
遥瞻天阙近,壮志勿蹉跎。

其 二

瞻觐③明良事,临歧忽黯然。
谁能拨云雾,各自懔冰渊。
度岭休回首,横江好放船。
瘴乡多病客,留滞已三年。

其 三

今日离亭上,追陪有故人。
河山余涕泪,天地久风尘。
当路正纡策,群才犹积薪。
休将迟暮意,感慨达枫宸④。

---

① 引见:引导入见。清制特指京官五品以下、外官四品以下,授官时文官由吏部、武官由兵部带领朝见皇帝。
② 岭峤:五岭的别称。
③ 瞻觐:朝见,觐见。
④ 枫宸:汉代宫廷多植枫树,后借指帝王的殿廷。

其 四

东华簪笔客，南国剖符才。

滇海朱幡去，山阴玉树摧。[一]

人皆离粤峤，君又上燕台。

独立苍茫意，临风尽此杯。

【江注】[一] 丙午（1846）、丁未（1847）之间，同馆林勿村①殿撰出守琼州，张吟舫编修②出守廉州，麟翁前辈出守肇庆，余出守惠州，皆先后被命来粤。今勿村新简云南临安守，吟舫回籍，闻已下世。在粤者独余与麟翁两人。

长寿禅院听卓师、玉师弹琴

春雨淅沥飘虚廊，古鼎列几初焚香。老僧出定有琴意，窗竹绿侵衫袖凉。清徽③拂金轸调玉，一声两声莺出谷。初作秋鸿入塞吟，旋翻清夜闻钟曲。霜天落叶敲棁扉，清砧万户人捣衣。丛芦战风野水溷，四弦收拨星月低。金戈铁马转相向，饥鹰刷羽秋崖上。胡笳夜起惊砂飞，将军闻歌泣楚帐。忽然乳燕

---

① 林勿村：林鸿年（1805—1885），字勿村，侯官（今福建福州）人，道光十六年（1836）状元及第，曾任广东琼州知府，云南临安知府，官至云南巡抚，后掌鳌峰书院逾20年，有《松风仙馆诗草》。
② 张吟舫编修：张百揆（1808—?），字吟舫，浙江萧山人，道光二十年（1840）探花，授翰林院编修，曾官广东廉州知府、惠潮嘉道。
③ 清徽：清美的声音。

掠轻弦,柳枝无力风飐烟。晴日媚空光不定,游丝袅袅花满天。嗟予卧病已三载,禅房戢影①朱颜改。闻师指下微妙声,如携成连泛沧海。朝来洗眼看《楞严》②,清明郁垆③分毫纤。耳根今向七弦澈,皎然月在秋江潭。韩公闻琴苦冰炭,毋乃得失心相参。佛堂清梵磬声发,明朝来共弥勒龛。

书《雪中人传奇》④ 后六首

其 一

两肩寒骨铁铮铮,落拓江湖踏雪行。
画舫笙歌人尽醉,谁来市上听箫声。

其 二

诛荡朱门对雪开,雪中携客劝金罍。
彘肩割赠樊骖乘⑤,不比王孙一饭哀。

---

① 戢影:退隐闲居。
② 楞严:指《楞严经》。
③ 郁垆:形容气势旺盛或充满生机。
④ 雪中人传奇:《雪中人》,清蒋士铨著传奇剧本。蒋士铨(1725—1785),字心余、苕生,号藏园、清容居士,晚号定甫,铅山(今隶江西上饶)人,乾隆二十二年(1757)进士,清代戏曲家、文学家。
⑤ 彘肩割赠樊骖乘:樊哙(?—前189),沛县(今隶江苏)人。西汉开国功臣。彘肩,猪前腿。鸿门宴上,樊哙知刘邦有危险,带剑闯入。项羽赐酒及彘肩。出自《史记·项羽本纪》。

其 三

樗蒲①掷后散千金,豪杰谁甘堕绿林。
惭愧读书曾识字,樽前郁郁②耗雄心。

其 四

牙旗舒卷海云红,龙户鲛人一炬空。
放鹤孤山曾几日,养成毛羽正秋风。

其 五

三吴名宿痛银铛,封事星驰抵报章。
名将能销名士劫,千秋重见郭汾阳③。

其 六

伊谁双眼出风尘,食肉封侯鉴独真。
不是论交先乞相,穷途方有报恩人。

厓门④宋瓦盘歌,为段锦谷⑤通守赋

天不欲存赵家一块肉,二十万人同日哭。又不欲留海洋一

---

① 樗蒲:古代一种游戏,似掷骰子,后也为赌博通称。
② 郁郁:《梦甦斋诗集》作"郁魏",误。
③ 郭汾阳:唐朝名将郭子仪,安史之乱平息后,功封汾阳王。
④ 厓门:在广东新会南,珠江三角洲西南侧。为潭江和西江分支的出海口。
⑤ 段锦谷:段永源,字廉泉,号锦谷,云南晋宁(今隶昆明)人,由贡生从军,以荐举得官,补广东碣石厅通判,工画,有《同心之言集》《弦外余音集》《云谁之思集》《长言咏叹集》《题画兰百首》《画余偶存》《和羹用汝集》《段锦谷所著书》《段锦谷兰言》等。

叶舟,飓风①簸荡天沉浮。千航齐覆海波沸,昆冈玉石谁能收。厓山高高宋门户,瓦砾盘盂攒沙土。汴杭流徙到炎陬,尚方服御皆无主。忆昔景炎初播迁,三宫入海家海船。岂无鼎彝与符玺,光耀岛日开蛮烟。群星南流向海堕,二百余州无瓦全。独有厓门一片水,舳舻衔接金瓯坚。当时此盘或进御,豆粥麦饭陈当筵。不然亦是张、陆②诸公饷军士,酾酒饮血充朝饘③。巨炮雷轰战舰碎,此盘亦复潜深渊。劫灰飞尽慈元殿,眼见沧海成桑田。玉鱼金碗闷终古,一瓦摩挲六百年。声如朽木质如铁,式如荷叶承青莲。渔人拾归那珍惜,弃置街头值几钱。元黄龙战血浸注,土花不蚀光殷然。忠臣义士拂拭久,肯入大都污腥膻。段侯好事远相赠,张之以文气何盛。[一]穷官嗜古真可怜,文成读与蛟龙听。兴亡百变物仍完,拊盘高歌泪欲迸。君不见,羊城大贾金如山,市头但买青铜镜。

【江注】[一] 寄示一盘,并有记有诗。

---

① 风:《梦甦斋诗集》脱此字。
② 张陆:张世杰、陆秀夫。南宋末年枢密副使张世杰以舟师碇海中,为元兵所败。陆秀夫负帝昺于厓山投海。
③ 朝饘:稠粥,早餐。

附录

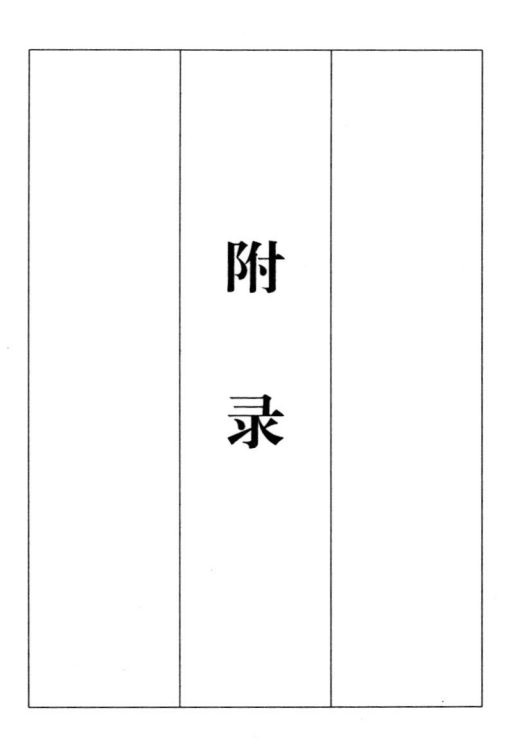

《梦甦斋诗钞》序

咸丰八年（1858）春，鉴自都附钦差大臣行，赴粤，驻惠州，即辞，出依吾兄，候令居时。吾乡子雨江公权粤抚，未几去官，相觏于惠。观鉴文词，太息谓非苟作者，歌诗以张之已。出示所著有韵之文，先后数万言，曰："子为吾严校之，吾将持此归慰吾乡人。"鉴受而卒业，曰："嗟夫！天下事求诸外者不足恃，积诸内者乃足信也。旂常之业，因乎人事，际乎气运；名山之业，托于铅椠，根于神明。二者固未易合。并公少年高第，守大郡，遍德于群黎，强仕位开府，善颂者将举皋夔之望、嵩岳之神以相歌咏，而公抱区区一编诗曰'吾将归以慰吾乡人'，且钦钦然欲野人之一言，公何心哉?!"得毋扬历中外有年，亦诚慨求诸外者之[①]不如积诸内者之可信耶?!

国朝吾乡诗人，自费氏父子后，惟张仲冶太守最有名。而先后间如大中丞王楼山及其子镇之侍郎、凫塘李宫赞及其兄太

[①] 之:《梦甦斋诗集》作"知"，误。

史墨庄，皆断鳌搏象手。虽声施勿赫，而渊然之光、浩然之气，各足独立千载。视仲冶太守，不仅不愧老年薄宦、布衣憔悴之士则，有若汪少海、石麟士、唐鹿厓、何竹有、李箫楼、孙梦华、汪淳庵、阮琢章，或存或殁若而人，见仕于郎曹台谏数人，公知之矣。食牛之气欲突骅骝前者，又若而人。鉴举其名，人不足信，待公定之矣。

鉴幼慕四始六义，执笔已三十年。中间亦欲有所因树功名于世，碌碌无以成事，未尝不悲慨。而一编之业，则往往见赏大贤。视吾兄之宦况，亦略似之。得公言，其益自信也。天下事如此其亟，济之之道，不外求才。公，天子大臣也，好士之诚，信于当世。尹太师之勋德、诗歌，苏端明之文章、风节，皆公所能自信者，不当内文学而外勋业，功成归读书处。而鉴前所称乡人之数十人者，则当因公以表见一汪洋艺海之观也。其所以"慰我乡人"者，不更大矣乎？呜呼！非公之属而谁属也？

苏明允上欧阳内翰书曰："其不知者，则以为誉人以求悦己也。夫誉人以求悦己，洵亦不为也。"鉴岂其人与？询诸天下可知矣。

咸丰九年（1859）季春月，世愚侄朱鉴成序。

《梦甦斋诗钞》序

夫吉甫作诵,清风穆如;姬公遽归,零雨不复。碧鸡金马,咸知特出之才;铜柱珠厓,剩见留题之作。体原台阁,典裁定媲常杨;助有江山,名位合同燕许。文传驱鳄,韩昌黎之政绩可知;说喻捕蛇,柳子厚之遭逢略胜。比韩稚珪之节操,三径晚香;叹苏内翰之生平,一场春梦。

此伏读我大中丞晓帆江公《梦甦斋诗钞》,而不禁喟然太息也。

惟公虞陛皋夔,汉廷冯邓。诞青莲之故里,精降长庚;艳红杏之香名,材推鼎甲。誉称怀橘,孝感足征。宴锡探花,科名不愧。殿前作赋,不劳狗监。而凤知江左衡文,殆留鸾掖之旧价。星轺偶驻,志桂海之虞衡;水镜高悬,访襄阳之耆旧。笔生花而入梦,封比醴陵;疏焚草而输忱,宅邻工部。思恋阙而辞朝,用当官而守惠。作一方之保障,仍筑坚城;奠五管之流亡,藉歼狡寇。愿寇恂之永借,期黄霸之重来。颂刘宠之廉能,祝韦皋之寿考。拊黎氓于濒海,兵备雷琼;裕财赋于度支,使转盐铁。事烦陈皋，谳狱欹歔。任钜分藩，得人审慎。中兴方伯，群推荀羡之年。新建抚军，宜有桶冈之捷；望隆督粤，共冀韩雍论著。徙戎谁知，江统顾以独檮；不靖摄篆，兼司宜峻蛮防。遂呈吏议，自分角巾。东第未遑，徒步南冈。横海待筹，归田许赋。遂乃怡情篇什，寄意讴歈。

臣本布衣，地销金甲。陆龟蒙之去住，茶灶笔床；王摩诘之生涯，药炉经卷。或呕心乃就，贮合锦囊；或叉手辄成，催劳铜钵。玉宇琼楼之句，终是爱君；霜松雪竹之篇，偶来呈佛。公屡游宴吟咏于长寿寺半帆。岂必和陶之咏，从无吊屈之文。性情直是古人，胸次居然达者。爰搜旧作，并列新诗。遍嘱心交以品评，统付手民而剞劂。其诗也，风流自赏，理趣不凡。近敌王朱，远师颜谢。或竞书团扇，或曾夺锦袍。闲僧宜笼以碧纱，吟社当赍之金爵。降幡铁锁，实吊古之英篇；疏雨微云，殆到秋之名笔。良金美玉，均嗣三唐之音；素练轻缣，间沿两宋之格。元裕之之飒爽，气挟幽并；高季迪之清真，才高王李。洵足传已。

谶兆白鸡，声闻甲马。俟送严公归榇，传观安石碎金。退闲本系安危，英雄岂论成败。笔似修期草檄，集犹陆贽良方。禅榻落花，谈兵小杜；禊堂修竹，誓墓羲之。故将军倘念北平，真名士谁如忠武。莹曾聆謦欬，实荷陶甄剑佩，遑趋笺缯久旷。刊诗雠校，秀才偏忆老符；饷序流闻，先生深愧元晏。知心魂之相守，爰形迹之两忘。肃列头衔，详书尾段。

庐曾谒帝，倘尚写十联之诗；楼孰筹边，殆空存一品之集。

羊钜平岘山遗爱,传待沈碑;马文渊武溪作歌,和容吹笛。此卷长留天地,他生犹记依稀。悬知旷代才人,且铸阆仙之像;不仅名山古刹,珍藏白傅之诗。

咸丰庚申(1860)中元令节,内阁中书衔高州府化州训导南海谭莹①读过谨序于后。

---

① 谭莹(1800—1871):字兆仁,号玉生,南海人,道光二十四年(1844)举人,曾任琼州府教授、学海堂堂长、端溪书院监院等,加内阁中书衔。有《乐志堂文集》《乐志堂文续集》《乐志堂诗集》等。

《梦甦斋诗钞》序

捧读大集,有太白之奇才,有工部之沉雄,尤有东坡之灵敏、隽妙,而能以天才运掉之,以真性情书写之。披诵累日,钦服之至。

番禺陈澧谨识。

《梦甦斋诗钞》后记

呜呼！此先大夫之遗诗，刊于粤东者也。诗凡七卷，前六卷为先大夫病中所手订，末一卷乃易簀后之所续刊。昔杨诚斋仿南齐王俭之例，以一官为一集。查初白《敬业堂集》，则一事一地立一集名，各为序于卷首。先大夫是集之编，亦取德敬业堂意也。第一卷，《未芟草》，自诸生至登第时作；第二卷，《桂林游草》，典试粤西以迄北旋时作；第三卷，《江上游草》，奉先祖通奉公之讳归里，往来乡邦时作；第四卷，《北游草》，由蜀赴都供职时作；第五卷，《江湖泛槎草》，自典试江南、视学楚北及改官东粤时所作；第六卷，《宦海吟草》，仅五十首，始于初守惠州，终于罢职后重寓惠郡，宦海风波，有深慨焉。迨后寓居佛山，后移羊城西郭，病闲无俚，辄吟咏以自遣，曰《海上寓公草》，今刊为第七卷者是已。先大夫既自为序，后仿初白老人，例作小序，分冠卷首，仅成《未芟草》《桂林游草》二篇，疾革，遽尔绝笔。呜呼！茕茕鲜民，检校至此，何忍言哉！何忍言哉！

先大夫早掇巍科，历主文衡，由二千石洊陟方岳，晋权开府。每念两朝拔擢之恩，尝欲有所树立，以酬主知，而垂不朽。顾乃殁于忧愤，仅留此数卷以示后，盖非先大夫志也。然生平之抱负，数十年游历，胥可于集中征之。是则苫由余生，痛不敢忘，思质之于当代大人先生者耳。

　　咸丰庚申（1860）十月，棘人都炳①涕泣谨识。

---

① 都炳：江都炳，江国霖族侄，咸丰十年庚申十月（1860年11月）整理江国霖罢官后部分遗稿，编为《梦甦斋诗钞》第七卷，名《海上愚公草》。

《江晓帆诗文集》序

李作梅

　　文章一道，萃乎人之血气精神以成之，其高者寿于天壤，较富贵功名而更为可久焉。粤稽我西蜀，钟井络之精英，炳江汉之灵秀，诞育人材，后先辉映。汉唐二代，长卿、渊云、青莲、伯玉，邈焉寡俦。洎乎宋世，眉山苏氏文章，雄压千古。明，新都杨升庵先生以海涵地负之才，大魁天下，著书四百余种，几于下掩来学、上薄古人。洪维我国家，雅化作人，豪杰之士辈出。然二百年来，蜀中得鼎甲者，惟遂宁李子静阁学一人，至其著作，仅传《安南纪略》，其他杳无闻焉。甚矣，文章之事，欲有以寿于天壤，非易易也！

　　吾友晓帆太史，幼秉殊资，四五龄时，出语惊人，十岁能文章，工书法。其赠公①春湖先生②得太史晚，然所以教诲之者

---

① 赠公：旧时敬称官员之父。
② 春湖先生：江国霖父亲江溶之号。

甚严，加以志气异常，鸡窗攻苦，风雨无间，志学之年，受知于孙东屺太守，拔冠一军，招致幕府，亲相授受。孙公山东名宿，独于太史期许甚厚，谓不得徒以文士待之。旋入庠食饩，辛卯遂举于乡，其年仅弱冠耳。四上春闱，三膺房荐，归益肆力于学，意谓功名得失听之福命，惟当穷究今古，方不自负生平，非徒欲科名震耀于一时也。戊戌成进士，殿试以第三人及第，授职编修，是时孙太守犹及见之。太史既入承明著作之府，学力益深，而文章益邃。己亥奉天子命，典试粤西，还朝未久，即膺春湖先生大故，士大夫莫不叹惜之。今年就馆石照，兼主泸州鹤山书院讲席，门下高足请刻其诗赋文稿，问序于予。予维太史之足重于当世者，不在文也。世之读书能文者众矣，然有其天资，无其好学，有其科名，无其谦抑。太史汪洋浩瀚如千顷波，又如百斛重器，所贮未盈其半，其度量相越固已远矣！然即以文论，亦别饶清贵之气，一时作者恐或未之能先。他日天禄校书、兰台草制，朝廷大著作方将赖之，则今日之所锓诸梨枣，不过吉光片羽、文豹一斑耳。

夫升庵，宰相之子，故得尽窥秘籍，以成其学问。即子静先生，亦名宦之裔，学成于南方，归显于西土。太史虽以儒术世其家，然屡叶寒素，无所藉以自成，而五百年间，竟能鼎足而立传于后，此其志力之伟为何如哉！太史频年奔走，尝东穿巴峡夔巫之险，南观洞庭潇湘之巨，西睹终南太华之奇，北览帝京文物之盛，舟车至此，眼界日增，故其发为文章，鲜明雄秀，生面别开，寻常呫哗家诚未足与之相埒也。今当授名邦，金针造士，全川宗匠，非太史其谁属？夫石照为巴曼子旧国，泸阳实尹吉甫故乡，景仰前哲，风徽未远，吾将以古大臣忠孝事业期诸太史，其有意乎？空山故人引领而望之也，固已久矣！若夫文章之妙，则此编一出，价重鸡林，海内名流争相题跋，余之此序直不啻为乘韦之先云。

江国霖年表

1811 年（清嘉庆十六年辛未）

夏，出生于川北道顺庆府大竹县（后隶川东道绥定府，今属四川省达州市）童家乡（今童家镇）盐井沟。高祖江世开，清初由湖南入竹，落业于今大竹县周家镇八角村高立口；曾祖江永志；祖江镇岐；父江溶（号春湖）。自江镇岐迁盐井沟。江永志、江镇岐、江溶后均封通奉大夫。

幼从学父江溶，稍长入县学，就读振文书院（后名凤鸣书院，今四川省大竹中学）。

1826 年（道光六年丙戌） 16 岁

补博士弟子，旋列优等，食廪饩。稍后得绥定知府孙东屃赏识，召读府学。

1831 年（道光十一年辛卯） 21 岁

赴成都参加乡试，中式。

1832 年（道光十二年壬辰） 22 岁

赴京参加壬辰恩科会试，不第。

1833 年(道光十三年癸巳)　　23 岁

第二次赴京,参加癸巳科会试,不第。

1835 年(道光十五年乙未)　　25 岁

第三次赴京,参加乙未科会试,不第。

1836 年(道光十六年丙申)　　26 岁

第四次赴京,参加丙申恩科会试,不第。

四上春闱期间,相继和魏氏、陶氏完婚。魏氏名凤姬,系童子婚;陶氏生子江都定、江都静等。

1838 年(道光十八年戊戌)　　28 岁

参加戊戌科会试,中贡士。四月二十一,参加殿试。四月二十五,参加传胪大典,高中鼎甲,钦点探花(世称"江探花"),赐进士及第。

是年,任翰林院编修,入庶常馆学习,为庶吉士。

自生员至进士及第,有诗作。后自选 57 首,编为《梦甦斋诗钞》第一卷,名《未艾草》。

1839 年(道光十九年己亥)　　29 岁

五月十六,任广西乡试正考官,十一月二十一回京复命。

其间多有诗作。后自选 46 首,编为《梦甦斋诗钞》第二卷,名《桂林游草》。

1840 年(道光二十年庚子)　　30 岁

父江溶病逝,旋回乡丁忧守制,至 1842 年。

其间,赴石照(今重庆合川)讲学,兼泸州鹤山书院山长。

1842 年(道光二十二年壬寅)　　32 岁

初秋,鹤山书院解馆,北上回籍。

10月11日（九月初八），妻魏氏凤姬病逝，年19岁。作《哭凤姬》八首。

是年(？)，李作梅作序的《江晓帆诗文集》行世。

往返大竹、合川、泸州途中，多有诗作。后自选50首，编为《梦甦斋诗钞》第三卷，名《江上吟草》。

11月启程北上，赴京履职，时经月余。

其间，沿途吟咏，成诗多首。后自选73首，编为《梦甦斋诗钞》第四卷，名《北游草》。

1843年(道光二十三年癸卯)　　33岁

至1846年夏，供职翰林院。

其间，1844年任翰林院撰文官、国史馆协修、顺天府乡试同考官，10月任江南乡试主考官。1845年任庶常馆教习。

1846年(道光二十六年丙午)　　36岁

秋，出任湖南学政，旋避籍改湖北学政。

1848年(道光二十八年戊申)　　38岁

1月（丁未十二月），赴广东惠州任知府。

4月，始履职惠州知府。

9月，惠州抗涝赈灾。

1844年10月至1848年4月有诗作。后自选54首，编为《梦甦斋诗钞》第五卷，名《江湖泛槎草》。

1849年(道光二十九年己酉)　　39岁

1月（戊申十月）至1850年5月（庚戌四月），重修惠州府城墙。

是年，治理惠州西湖。

7月，任雷琼兵备道。

在惠期间，纳妾宋氏。

1851年(咸丰元年辛亥)　　41岁

4月，率兵赴儋州平叛。11月3日，俘获叛军首领刘文楷。

1852年(咸丰二年壬子)　　42岁

因平息刘文楷叛乱有功，咸丰帝赏花翎。

1853年(咸丰三年癸丑)　　43岁

赴会同县指挥镇压会同会党。

1854年(咸丰四年甲寅)　　44岁

先后任两淮转运使、两广转运使。

是年冬，任广东按察使。

是年，参与镇压广东天地会起义。

1855年(咸丰五年乙卯)　　45岁

任广东布政使。

1856年(咸丰六年丙辰)　　46岁

英军炮轰广州城。力劝总督叶名琛防范、转移，未许。

1857年(咸丰七年丁巳)　　47岁

12月，广州沦陷，广州傀儡政权出笼。江国霖在佛山以布政使署理巡抚事务。

1858年(咸丰八年戊午)　　48岁

2月，正式署理广东巡抚。

4月19日，挥兵由肇庆西上，直取梧州。

5月，罗惇衍等广东"三绅"向咸丰帝上奏折，状告江国霖等。

5月30日（戊午四月十八），攻取梧州，旋在梧州处理善后。

6月14日（戊午五月初四），咸丰帝下谕旨："著将江国霖先行撤任。"

8月10日（戊午七月初二），由肇庆赴惠州，旋客居惠州。

是年秋，先寓居佛山，后移居广州西关。

1859年（咸丰九年己未）　　49岁

在广州西关自选自编《梦甦斋诗钞》六卷。第六卷自选任职惠州、海南、广东省至罢职后寓居期间12年所作50首，名《宦海吟草》。

1860年（咸丰十年庚申）　　50岁

春、夏，编《梦甦斋诗钞》。又编《馆课诗检存》《馆课赋检存》各一卷，主要为两次在庶常馆时作品。

是年夏，病逝于广州西关，后葬于今大竹县周家镇八角村之宝珠寺对面山头。

是年11月（庚申十月），族侄江都炳整理其罢职后的遗诗46首，附词1首，编为《梦甦斋诗钞》第七卷，名《海上寓公草》。

主要参考书目

［清］陈澧录：《梦甦斋诗钞》，清咸丰十年广东萃文堂、永贤堂刻本。

［清］姜由范等修，［清］王镛等纂：（光绪）《定远县志》，清光绪二年刊本。

［清］刘溎年编纂：《惠州府志》，清光绪七年刊本。

［清］江国霖：《梦甦斋诗集》，民国成都昌福公司排印本。

［民］陈步武、［民］江三乘编纂：《民国续修大竹县志》卷十四《艺文志》，民国十七年（1928）刊本。

［民］罗兴志等修，［民］章宪等纂辑：《新修武胜县志》，民国十九年（1930）铅印本。

［清］孙桐生编纂：《国朝全蜀诗钞》，巴蜀书社，1985年。

［民］徐世昌编，闻石点校：《晚晴簃诗汇》，中华书局，1990年。

李灵年、杨忠主编：《清人别集总目》，安徽教育出版社，2000年。

王鸿鹏选注：《中国历代探花诗》，昆仑出版社，2008年。

胡传淮编著：《千年逸响：蓬溪诗词史略》，中央文献出版社，2008年。

王晓波主编：《清代蜀人著述总目》，四川大学出版社，2009年。

《清代诗文集汇编》编纂委员会：《清代诗文集汇编》之《梦甦斋诗集》，上海古籍出版社，2010年。

李新民、廖提双主编：《探花江国霖》，四川科学技术出版社，2010年。

滕伟明、周啸天主编：《清代全蜀诗钞》，巴蜀书社，2021年。

编　后

冉长春

我在《二王诗词集》(清王怀曾、王怀孟著,冉长春、李荣聪、郑清辉辑,巴蜀书社2022年)后记中有三段话:

辑《二王诗词集》实属偶然,为编《达州历代诗词选》之副产。《达州历代诗词选》由《行吟达州三百首》催生。且容细禀。

2017年丁酉端午,中镇诗社"足荣杯"丙申(2016)年度好诗词颁奖典礼于广东湛江雷州半岛足荣村举行,某之五绝《老兵》结缘该社。当年9月,中镇诗社成立15周年座谈会暨"全国著名诗人达州行"采风活动在达州举办。又,某之七绝《复员》被擢为2017年度中华好诗词提名作品,遂结缘中华诗词学会、《中华诗词》杂志社,促成2018年5月"中华诗词名家达州行"及其后之开江行、渠县行采风活动。更有2019年端午巴山诗社成立、首届中国巴山诗会暨中华诗词名家达州达川行诸吟事。咏达佳作既多，结集出版自然。2019 年 10 月，中华书局梓行《行吟达州三百首》。倏尔，是书当选第七届全国新农村文化艺术展演馈礼。嘉宾赞赏既夥，领导所虑便切，责某继为主编，纂《达州历代诗词选》以备第八届之需。

　　《达州历代诗词选》主要从县志撷取，由各县宣传、文化、史志、诗词各部门选送。某曾宦大竹五年，自然关注即多，尤于该县先贤"江探花"江国霖素有耳闻，而该县所送江作并不极佳，遂责其另送原件及旁者。某亦与李荣聪、郑清辉、何智诸君从互联网上山罗海搜，艰辛备尝。所幸，得江佳者极多；更幸，知江曾为乡先贤王怀曾、王怀孟编集；特幸，当今网络发达，蛛丝马迹易寻，网上淘宝、赴馆复印、对勘校点，不一而足；最幸，二王诸作，佳者也，特佳者也，咏之再三，迥出时流，攀乎异代，不大家乎？

　　这三段话把几本书的关系交代清楚了：《行吟达州三百首》催生《达州历代诗词选》，编选《达州历代诗词选》时特别注意江国霖的诗作，搜罗和挖掘江国霖作品的过程中发现了"二王"。

　　那为什么要编《江国霖诗集》呢？为什么不及早出版《江国霖诗集》呢？话还得从稍早说起。

　　2006 年 11 月，我从开江调任大竹县委常委、宣传部部长，分管文化、教育等方面的工作。初来乍到，到处走走看看。一个冻手僵脚的上午，来到山后（大竹人习称其境内的铜锣山以东）的童家乡，陪同的教育局局长李道军先生介绍这里是"江探花"的故乡,江国霖的一个晚辈现在本地教育系统当小学校长。这个江校长个子高高大大的,只要一提起"江探花",神情便颇为自豪,边说嘴里边冒热气,但更多的似乎说不出,更别提找一本与"江探花"有关的书了。

我那时已开始自发写点诗词,其实从小便喜欢传统文化,晓得一些最基本的东西。中国古代重视学和文,但更看重当官,尽量以官职或做官之地称呼某人。杜甫做过工部员外郎,便称他为杜工部。岑参当过嘉州太守,便称他为岑嘉州。虽然只是个陪皇帝诗文娱乐的闲职,李白也得以称个李翰林。孟浩然没有当过官,就只能以其籍贯称为孟襄阳了。总之,以科名相称"×状元""×榜眼""×探花"的比较少。后来才知道,这个"江探花"是当过官的,当得还不小,署理广东巡抚,相当于今天的广东省代省长,称他个"江广东"应该是名副其实的。他当这么大个官,今天的江校长不晓得,但当时的人未必不晓得。一两百年来,家乡不称他"江广东"而一直称"江探花",可知这大竹是个更为重视学习、重视文化的地方。

事实正是如此。我读高中时就知道,大竹中学是四川省十所重点高中之一,可望而不可即,而且至今不衰。大竹凭读书走出去的名人不少,留在当地的文化人也很多,包括一些从领导岗位上退下来的老同志,我所在的宣传部便有廖提双这么一位。我去大竹的时候,廖老早已卸任县委宣传部副部长,他本来就喜欢自己分管的文化文艺这一块,退下来后更一门心思钻进去了。这是一位儒雅的老人,也是一位有恒心的老人。他和县人大常委会原副主任李新民先生一起，不辞辛劳撰写了 20 万言的《探花江国霖》，2010 年 7 月由四川科技出版社出版。8 月上旬是川东最热的时候，记得一个下午的两点整，太阳似乎要把地面烤化，暑气要把万物蒸熟，大黄桷树上的知了都不敢出一点儿声气，廖老穿着白色的长袖衬衣、黑色长裤，亲自把还散发着墨香的一本《探花江国霖》送到我办公室，弥补了我前面所说的与"江探花"相关的书籍向江校长讨而不得的遗憾。

《探花江国霖》这本书我读了好多遍。书中讲到，江国霖填补了川渝百余年无人得中鼎甲的空白，是一位勤勉廉洁而又惜才爱民的高官，更是一位学富五车的大儒，连同科进士曾国藩都对他的文章和才气推崇有加。我偏偏更喜欢吟咏书中列举的一些诗作，可惜不多，出于行文的考虑，有的只是摘句。当我欲向廖老讨教更多时，我已调离大竹县到达州市上任了。

虽然离开了大竹，但大竹的人、大竹的江国霖特别是他的诗令我久久难以忘怀。

2011 年 9 月，我到了达州，选择了自己喜欢的工作，任市委宣传部副部长，得以交往更多的文化人，他们推我担任市诗词协会副主席，我也尽力协助做了一些这方面的组织工作。更为高兴的是，我几乎能把所有的业余时间都用来沉浸于自己爱好的诗词专业。

市委宣传部的氛围很好。我当然不会因搞诗词而耽误工作，大家也没有因我"不务正业"搞诗词而用异样的眼光看我。特别幸运的是，先后几任领导都很支持我，都支持达州的诗词事业。这里不得不提到几个人，时间也要回到本文开始引用那三段话的第二段。我在《行吟达州三百首》代后记《诗人皆入达州来》一文中对此说得稍微清楚一些：

　　2017年端午，中镇诗社"足荣杯"丙申年度好诗词颁奖典礼在广东雷州半岛足荣村举行，这个奖因该村一位热心公益的企业家赞助而冠名。来自四川达州网名叫休休子①的诗词爱好者以一首五绝《老兵》获了奖。休休子虽说爱好诗词，但对诗词界了解得并不多。该社社长马斗全先生表示祝贺的时候，休休子可能认为中镇诗社只是一个民间团体，可能认为赛事只是一个村级，也可能是习惯性谦虚，反正没太在意，便轻描淡写地说："谢谢马社长，其实我算不了啥，达州比我强的少说也有十来个吧。""意思是你们那儿比中镇诗社还强啰，我们好久去达州看看。"一听马社长这句不紧不慢的话，休休子知道可能"惹祸"了，佯装内急进了卫生间。

　　真要感谢现在网络发达呀，（网上一搜才知）中镇诗社不可等闲视之！其成立之初就是一个全国著名诗家的集合体，尤以只认作品不认人而闻名，组织的评奖历来都是糊名操作。举办"根祖杯"诗词大赛，首开网上公示的先例。"足荣杯"获奖作品，使当代诗词第一次入选《名作欣赏》杂志。香港《大公报》《中华读书报》《南方周末》等多次报道该社活动。她显

---

① 休休子：本文作者冉长春网名。

然是实力超强的诗社。

  怎么办呢？好在达州的领导特别支持文艺事业。9月23日，纪念中镇诗社成立15周年座谈会在达州召开。随后六天，"全国著名诗人达州行"采风活动成功举办，来自17个省（市、区）的30余名诗词家和20余名本地诗词骨干，到莲花湖等地参观，先后创作诗词1000余首。

  "怎么办呢？好在达州的领导特别支持文艺事业"这句话，在一些网络推送的时候被删掉了。这句话的删掉，使得上下文不够连贯。编辑可能出于一些考虑，但我认为，达州的领导"特别支持文艺事业"，也属于称职而不是不务正业，支持的也不是不务正业。中华书局出版时收入了这句话。只是限于篇幅，我没有在该文中透露更多细节。

  话说接到中镇诗社的获奖电话通知，正是一个阳光明媚的上午，我心情蛮高兴。很想去领奖，但工作又很忙。对方催了好几遍，去与不去，我犹豫再犹豫。

  在中镇诗社等着最后回话的那个下午的四点钟，我去找市人大常委会主任胥健先生帮着拿主意。他是我们协会的顾问，爱好诗词，市诗词协会就是在他的支持下成立的。他一听说我获奖，感觉比他自己获了奖还要高兴，连说"快去请假！快去请假！快去请假"，立即把我拉到电梯边，帮我把电梯按起。

  市委常委、宣传部部长邓瑜华先生是我的顶头上司，我轻轻地敲了一声他办公室的门。他一拉开门就批评我："有啥事？不敢直接给我说,还叫胥主任给我打电话!"他与平时判若两人,我直想解释,感觉浑身有一万张嘴,偏偏一个也张不开。他看我急得满脸通红的样子,哈哈大笑,说他什么都知道了,叫我赶快按程序去向包惠书记请个假。

估计包书记已接过邓常委的电话,她一见到我,还没听我汇报,就直接说:"长春呀,获奖了哇,不要瞒着我们噻!你个人的喜事,也是我们达州的光荣,我们都沾沾光嘛!你作为宣传部的常务副部长,带头写诗,有什么不好呢?!你这次去领奖,多多把达州推介出去哈,也多结识一些文艺界的朋友,让他们来达州看看。我看啊,这是你的私事,更是宣传达州的公事。雷州半岛有点不方便,坐飞机去,机票回来报!"我赶紧回话:"谢谢书记!谢谢书记!交通食宿对方全包了,全程都是坐飞机。"包书记也把我送到电梯边。

还有一个细节。我在《行吟达州三百首》代后记《诗人皆入达州来》一文中说,一听马社长说要来达州看看,我知道可能"惹祸"了,佯装内急进了卫生间。这里的"惹祸",想必读者都懂得起,就是客人来了接待要花钱。若是来几个人,我私人接待就是了,多了可承担不起。马社长说的是"我们",想必是一支队伍来,这个接待花费不会小,我不敢擅自做主,所以"佯装内急进了卫生间"。进卫生间干什么?电话请示呀!当时请示的就是邓瑜华先生,他非常欢迎,电话中都想象得出他高兴的样子。这个细节的内幕也被删除了,以至于行文上下有些跳跃。

有领导的支持,事情当然很容易。后来的中镇诗社成立15

周年座谈会暨"全国著名诗人达州行"采风、"中华诗词名家达州行"及之后的开江行、渠县行采风、巴山诗社成立及首届中国巴山诗会暨中华诗词名家达州达川行采风活动，以及编辑出版《行吟达州三百首》《巴山诗社同人集》《达川诗三百》《达州历代诗词选》《二王诗词集》等等，都不在话下。这次《江国霖诗集》的顺利出版也一样，都是领导支持的结果。

达州像胥健先生既写诗又支持诗词事业的领导很多，像包惠书记及历任宣传部部长杨娟、邓瑜华、洪继诚、陈文胜先生等不写诗但大力支持文化文艺的领导更不少。

虽说出版这几本书都得益于领导的支持，但编《江国霖诗集》还有不太一样的地方。

前面讲过，我编《达州历代诗词选》时特别注意江国霖，但大竹报上来江的作品并不太令人满意。这是怎么回事呢？我把这个困惑向邓瑜华先生做了汇报。他说："'江探花'的诗好不好我确实不晓得，但我在大竹工作的时间长，晓得他的名气非常大，你们务必搞准！务必搞准！我相信你们！"我这个"马大哈"才想起，邓瑜华先生从参加工作起就在大竹工作了20多年，对大竹很有感情，对"江探花"有感情。我也在大竹工作多年，务必要严谨、细致，才对得起领导，对得起大竹，对得起"江探花"。

我把李荣聪、郑清辉、何智等几位达州诗词能人找来，他们都很支持我。我们几个本来都是巴山诗社的发起人，我又发动宣传部袁源、唐活伶等同事帮忙，调来几本《大竹县志》，翻开前面所说李新民、廖提双著的《探花江国霖》,与报上来的江国霖作品一个字一个字地比勘,发现有相当多不同的地方。

后来暴发了历时三年多的全球新型冠状病毒疫情,去哪儿都不方便,我们还是冒着不怕死的心态跑了好些图书馆,特别是从互联网上淘到了几个版本的江国霖自选《梦甦斋诗钞》,清孙桐生编、巴蜀书社 1985 年版《国朝全蜀诗钞》,滕伟明和周啸天主编、巴蜀书社 2021 年版《清代全蜀诗钞》等。

经过反复比对和数十次研究,我们一致认为:江国霖诗雄豪而气势宏大,同辈文人认为其为"旷代才人""才情横溢""逼近唐贤"并非虚誉;不宜采纳《国朝全蜀诗钞》及因之的《晚晴簃诗汇》《清代全蜀诗钞》对江国霖诗作的修改(我在《二王诗词集》后记里也表达了同样的意思,《国朝全蜀诗钞》及因之的《清代全蜀诗钞》对"二王"作品的修改不宜采纳),而应从版本更早、错讹较少、质量明显更高的江国霖自选萃文堂刻《梦甦斋诗钞》及江之族侄江都炳选编永贤堂刻《海上寓公草》中,遴选上乘之作入《达州历代诗词选》;并以上述二刻本为底本,参校民国成都昌福公司排印的《梦甦斋诗集》和 2010 年上海古籍出版社出版的《清代诗文集汇编》之《梦甦斋诗集》(目录名《梦甦斋诗集》,正文名《梦甦斋诗钞》),专门出版一《江国霖诗集》以正前讹(但不选馆课之作,江本人及其族侄江都炳也未将之选入《梦甦斋诗钞》。我们认为应出于文学性之考量,予以尊重并沿袭)。

这就是专门编一本《江国霖诗集》而又花了三年多时间才

出版的原因。

最后还得啰嗦几句。

为方便读者，我们整理了江国霖简介置于前，附录《梦甦斋诗钞》朱鉴成、谭莹、陈澧三序和江都炳后记、李作梅《〈江晓帆诗文集〉序》及《江国霖年表》。为了让有兴趣的读者进一步了解江国霖其人其事，我们对其自序和正文中或人、或时、或地及相对生僻之字、词、典等必要处予以简注。底本中孙东厓、张熙宇（字玉田）、黎光曙（字樾乔）、艾畅（字至堂）、王铭鼎（字恭三）、朱鉴成（字眉君）、陈澧（字兰甫）对江国霖诗所评大多精当，堪为读者指径，对极个别作品难免因朋友常情有所虚誉，为呈原貌，一概保留。

今年5月底，陪市人大常委会副主任李大兵先生去童家镇瞻仰江国霖故居时，我们建议成立江国霖研究会。仅仅十来天后，大竹县委常委、宣传部部长陈阳先生便专门告诉我，成立研究会的请示他们县委李志超书记已经批示了。一方面，这说明大竹确实重视文化工作；另一方面，我们作为本书的编者，责任就更加重大了。

在本书的编写态度上，我们尽最大努力，"务必严谨，务必细致"；但囿于水平，其中难免舛误，恳望方家批评指正。

2023年6月

图书在版编目（CIP）数据

江国霖诗集/[清]江国霖著；冉长春等编.—成都：巴蜀书社，2023.8
ISBN 978-7-5531-2055-3

Ⅰ.①江… Ⅱ.①江…②冉… Ⅲ.①古典诗歌–诗集–中国–清代 Ⅳ.①I222.749

中国国家版本馆 CIP 数据核字（2023）第 145136 号

江 国 霖 诗 集
JIANGGUOLIN SHIJI

[清]江国霖 著
冉长春等 编

责任编辑	王　雷
责任印制	谷雨婷　田东洋
出　　版	巴蜀书社
	成都市锦江区三色路 238 号新华之星 A 座 36 层
	邮政编码：610023
	总编室电话：(028) 86361853
网　　址	www.bsbook.com
发　　行	巴蜀书社
	发行科电话：(028) 86361852
经　　销	新华书店
照　　排	四川宏丰印务有限公司
印　　刷	四川宏丰印务有限公司
	电话：(028) 85726655　13689082673
版　　次	2024 年 6 月第 1 版
印　　次	2024 年 6 月第 1 次印刷
成品尺寸	210mm×148mm
印　　张	7.75
字　　数	200 千字
书　　号	ISBN 978-7-5531-2055-3
定　　价	68.00 元

本书如有印装质量问题，请与印刷厂调换